DREAMBOOKS★

DREAMBOOKS

수라전설 독룡

시니어 신무협 장편소설

ORIENTAL FANTASY STORY & ADVENTURE

★
dream
books
드림북스

수라전설 독룡 12 수라의 정견

초판 1쇄 인쇄 2019년 11월 7일
초판 1쇄 발행 2019년 11월 22일

지은이 시니어
발행인 오영배
편집 편집부
일러스트 eunae
본문 디자인 오정인
제작 조하늬

펴낸곳 (주)삼양출판사 · 드림북스
주소 서울시 강북구 도봉로 173
대표 전화 02-980-2112 **팩스** 02-983-0660
편집부 전화 02-987-9393 **팩스** 02-980-2115
블로그 blog.naver.com/dreambookss
출판등록 1999년 3월 11일 제9-00046호

© 시니어, 2019

ISBN 979-11-283-9574-1 (04810) / 979-11-283-9448-5 (세트)

드림북스는 (주)삼양출판사의 판타지 · 무협 문학 브랜드입니다.

수라전설 독룡
12
수라의 정견
시니어 신무협 장편소설
ORIENTAL FANTASY STORY & ADVENTURE
dream books
드림북스

목 차

第一章

다각채(多角債)

망료와 마사불 묘월의 등장으로 장내는 잠시간 소강상태가 되었다.

망료는 진자강과 불구대천의 원수지간이었다.

단령경과는 은밀하게 정보를 주고받던 사이였으나 단령경을 죽이려 한 적이 있었다. 그런데 최근에는 사파인들을 도와 뇌락검 엽진경과 백호지황각의 무사들을 죽였다.

백리중과는 팔 년 이상을 함께해 왔다. 그러나 그의 아들이자 대제자인 백리권을 이 사태에 끌어들임으로써 백리권이 죽게 만든 책임이 있었다.

양측과 오랜 기간 함께했으면서 한편으로는 모두 원한을

쌓은 기이한 관계.

그런 배경에서 망료가, 그것도 무시할 수 없는 고수인 마사불과 함께 나타났으니 상황이 묘해질 수밖에 없었다. 그가 도무지 어떤 행동을 할지 알 수 없는 것이다.

망료는 자신 때문에 장내가 소강상태로 접어든 것이 꽤 마음에 든 모양이었다.

"흐흐흐."

기우뚱기우뚱.

부러진 의족을 디디며 망료가 싸움의 대치점으로 들어섰다. 그러곤 죽은 제갈손기를 보며 말했다.

"사촌 형제가 한날에 갔으니 외롭진 않겠군."

제갈가의 무사들이 의아해했다. 그중 한 명이 물었다.

"지금 그게 무슨 말뜻이오!"

"무슨 말뜻은…… 이미 아래에 있는 제갈씨들은 다 죽고 없다는 뜻이지."

"제갈 대협이 당했다고?"

"왜. 거짓말처럼 들리나?"

"헛소리 마라! 누가 감히 제갈 대협을!"

"누구긴 누구야. 나지."

망료는 구궁팔괘진의 지휘기 여덟 개를 들어 보였다. 그것은 분명히 제갈명이 가지고 있던 깃발이다.

제갈가 무사들이 동요했다.

아까부터 진의 지휘가 엉망이 되었던 이유를 깨달았다.

제갈명이 죽었기 때문이다!

반면에 사파인들은 안도했다. 구궁팔괘진을 더 이상 걱정할 필요가 없게 된 것이다.

특히나 마사불과 망료가 제갈명을 공격한 거라면 일전과 마찬가지로 무림총연맹을 적대시하는 편에 선 것으로 볼 수 있다.

인마 감충이 불룩한 배에 손을 올리고 웃었다.

"껄껄껄. 그럼 이제 남은 건 금강천검뿐인가? 천하의 금강천검이 이 자리에서 뼈를 묻게 생겼군."

백리중이 갈잖다는 투로 입꼬리를 추켜올렸다. 지금 주변에 있는 모든 이들을 안중에도 두지 않는 듯한 오만한 태도였다.

"피라미가 뭐라는 게냐. 한 끼 찬거리도 안 되는 놈이."

감충이 눈을 동그랗게 떴다.

"어허, 이거 본인을 너무 무시하는 거 아니오? 본인이 마음만 먹으면 얼마나 사람을 귀찮게 할 수 있는지 한번 보여 줘야겠구만?"

망료가 고개를 끄덕였다.

"맞아. 세상에서 제일 싫은 게 귀찮은 일을 하는 거야.

그런 의미에서……."

망료가 백리중을 보며 물었다.

"귀찮은 일을 내가 좀 대신 맡아 드릴까 하는데 어떻소이까?"

존중이라곤 찾아보기 어려운 망료의 말투에 백리중의 눈살이 살짝 찌푸려졌다. 그러나 중요한 건 말투가 아니라, 내용이었다.

감충이 이상한 기분을 느끼고 물었다.

"이보시오. 내가 귀찮게 한다는데 귀하가 귀찮은 일을 대신 맡아 준다고 하면 얘기가 이상해지지 않겠소?"

망료가 콧잔등을 긁으며 말했다.

"약간의 오해가 있는 모양인데, 내가 제갈가를 쳤다고 해서 금강천검을 치겠다는 뜻은 아닌데 말이지."

"뭐? 제갈가와 백리중이 같은 편인데 따로따로라니? 말이 좀 이상하구려?"

"뭐, 듣는 입장에 따라서는 그렇게 생각할 수 있지."

묘월이 갑자기 끼어들어서 앙칼지게 소리를 질렀다.

"아미타불! 더 이상의 살심을 억누르기가 어렵다! 언제까지 기다려야 하는가!"

망료가 아이 달래듯 묘월을 달랬다.

"다 됐으니 조금만 더 기다려 보시오. 원래 거래는 느긋

한 쪽이 유리한 거라오."

놀랍게도 망료의 그 말에 묘월은 외눈에 불을 켜고도 움직이지 않았다. 대신 진자강 때문에 잃은 왼눈을 손으로 매만지며 진자강을 죽일 듯이 노려보기만 했다.

묘월이 진정하자 망료가 고개를 끄덕이더니 감충에게 물었다.

"이제 얘기를 다시 진행해 볼 수 있겠군. 미안하네만 좀 전에 뭐라고 물었지?"

"저 아래에서 제갈씨를 죽이고 왔다면서 왜 금강천검을 돕느냐고 물었소이다."

"아아, 그렇지. 자네 혹시 다각채라고 아나?"

"갑자기 무슨 다각채요? 다각채가 뭐요?"

망료는 아이를 가르치듯 손가락을 들고 말했다.

"세 명, 네 명이 서로서로 사슬처럼 얽힌 채무 관계를 다각채라 한다네."

망료가 손가락으로 자신을 가리켰다가 단령경과 백리중을 가리키고 또 마사불 묘월을 가리켰다가 마지막으로 진자강을 가리켰다.

"바로 지금의 이런 관계를 다각채라고 하는 거지."

"이해하기가 어렵구료. 그래서 뭐가 어떻게 된다는 거요?"

"그야 금강천검에게 달렸지."

백리중은 일고의 여지도 없다는 듯 망료의 말을 잘라 버렸다.

"꺼져라."

망료가 자신은 전혀 손해 볼 것 없다는 투로 되물었다.

"과연 그래도 될까?"

백리중의 눈빛이 서늘해졌다.

"그렇구나. 그러고 보니 네놈에게도 내 아들에 대한 혈채(血債)가 남아 있었지."

그제야 감충이 다각채를 이해하곤 감탄하며 박수를 쳤다.

"오호라! 이것이 다각채로군! 과연, 혈채가 여기저기 얽혀 있어."

그러나 감충의 웃음기는 곧 사라졌다. 생각해 보니 혈채가 여기저기 얽혀 있다면 망료가 나타난 것이 자신들에게 꼭 좋다고 할 수 없었다.

망료가 말했다.

"내 제안은 간단하외다. 지금 상황에 걸맞은 작은 거래를 해 보자는 것이오."

백리중이 물었다.

"지금 상황?"

"사실 여기 올라와 있은 지는 좀 되었소이다. 지금 같은 상황이 되기를 기다리고 있었지."

거부하기 어려운 제안이라는 뜻이다.

백리중의 미간이 좁혀졌다. 망료의 말뜻을 알아들었다.

그 순간 복천 도장이 일갈하며 기습적으로 백리중에게 달려들었다.

"한눈을 팔다니!"

찍, 찌익!

귀를 찢는 날카로운 파공음과 함께 검기가 튀어나왔다. 복천 도장은 순식간에 허공에 폭우처럼 검기를 퍼부었다.

진자강은 복천 도장의 동작이 눈에 익숙함을 알았다. 복천 도장이 자신을 상대할 때 맨손으로 펼쳤던 칠십이파검(七十二波劍)이다. 그것을 검으로 한 호흡에 펼친 것이다.

검초가 맹렬하게 백리중을 덮었다. 백리중은 천주인에서 검기를 뽑아내 똑같이 마주쳤다.

짜라라라락!

검기가 부딪치면서 공기 중에 가시가 날아다니는 것처럼 찌르르한 파동이 울렸다.

순식간에 칠십이파검이 전부 펼쳐졌다. 대부분은 두 사람이 검을 휘두르는 모습도 거의 보지 못할 지경이었다. 둘의 주변 땅은 튀어 나간 검기 때문에 땅거죽이 죄다 뒤집혀 있었다. 흙먼지가 풀풀 피어올랐다.

복천 도장의 검은 백리중을 건드리지도 못하고 허공에서 천주인과 맞댄 채로 멈춰 있었다. 복천 도장은 숨이 다해 얼굴이 벌게졌다. 검기가 눈에 띄게 줄어 있었다.

하지만 백리중의 검기는 전혀 줄어들지 않았다.

백리중이 검을 들어 힘껏 내려쳤다.

카창!

검기가 다한 복천 도장의 검이 여지없이 잘려 나갔다. 복천 도장은 뒤로 튕겨져서 부러진 검을 땅에 박아 겨우 자세를 잡았다.

"스승님!"

운정이 소리쳤다. 정체가 드러날 말을 한 것은 실수였지만 복천 도장은 제지할 정신이 없었다.

칠십이파의 한계를 넘어서 칠십오파까지 펼쳤는데도 백리중에게 밀렸다.

복천 도장이 피가 맺힌 이를 드러내며 불신의 눈빛을 보였다.

망료가 복천 도장을 보고 혀를 찼다.

"상식적으로 생각하고 덤벼야지. 일도를 죽이고 왔는데 일도보다 약할까."

복천 도장을 떨궈 낸 백리중이 망료에게 물었다.

"네 말에 응하지 않겠다면?"

"응하지 않는다면 청성파를 치겠소이다."

"응한다면?"

"귀찮은 일을 맡아 주겠소."

난해하기 짝이 없는 말이었다. 응하든 응하지 않든 똑같이 백리중을 도와 사파인들을 치겠다는 뜻이 아닌가?

참다못한 복천 도장이 고함을 질렀다.

"대관절 무슨 수작질이냐!"

그러나 정작 백리중의 표정은 아까보다 훨씬 일그러져 있다. 망료를 향한 강한 분노를 일으키고 있다.

백리중이 씹듯이 말을 내뱉었다.

"쥐새끼 같은 놈이 감히…… 귀찮은 일을 제 놈이 만들어 놓고, 처리해 준다 생색을 내?"

"껄껄껄. 내 의족 값은 받아야지 않겠소이까."

그것은 굉장히 거북하고 괴상한 광경이었다.

백리중은 망료가 돕겠다는 데도 오히려 망료에게 화를 내고 있는 것이다.

하나 망료는 개의치 않고 웃으며 말했다.

"기회를 잘 타서 손쉽게 이득을 취하는 것은 소인배들의 특성이 아니겠소? 사실 그런 면에선 그대나 나나 별반 다를 바가 없다고 봐야지."

망료와 백리중의 선문답 때문에 장내의 분위기는 굉장히 묘해졌다.

그때 진자강의 옆에서 편복이 중얼거렸다.

"겨우 몇 마디 말로 금강천검을 협박하다니. 정말로 기회를 잡는 데에는 아주 도가 텄군."

진자강이 무슨 의미냐는 듯 편복을 보았다.

편복이 목소리를 낮춰 말했다.

"저 망료라는 자가 장내에 나타나자마자 제갈명을 죽였다고 고백했지? 그리고 금강천검을 도와 우리를 친다고 했네. 그 사실이 외부로 알려진다면 어떻게 될까?"

제갈가와 백리중은 이제까지 협력 관계였다. 그런데 제갈명을 죽인 망료가 백리중을 돕는다면 상황이 매우 이상해진다.

제갈가에서는 혈채를 받아 내기 위해 백리중에게 일정 책임을 묻지 않을 수 없다. 그리고 백리중은 책임을 혼자 뒤집어쓰지 않으려면 해명을 해야만 한다.

그것도 '맹주 암살'에 관여한 망료와 얽힌 구구절절한 사정을!

그것이 백리중의 정적(政敵)들에게 얼마나 좋은 기회가 될지는 말하지 않아도 뻔한 일이었다.

'다각채'가 가져온 복잡한 사정이 결국은 백리중을 올가

미에 얽어 넣게 되는 것이다.

진자강은 편복의 말에 퍼뜩 깨달았다.

지금 상황에 가장 중요한 건 증인이다.

사파 측의 증언은 신뢰가 없다. 백리중이 팥으로 메주를 쑤었대도 정파가 믿을 리 없다.

하지만 제갈가 무사들의 증언은 다르다.

결국…….

망료가 말한 귀찮은 일이란, 제갈가 무사들을 모조리 죽여 입을 막는 일이었다!

망료가 청성파를 치겠다고 한 것도 그런 이유였다.

청성파의 개입으로 제갈가 무사들은 속절없이 밀리고 있었다. 진자강이 제갈손기까지 처리했기 때문에 진자강까지 가세하면 제갈가 무사들은 더 버틸 수가 없다. 앞으로 길어야 일각이면 전부 제압되거나 죽을 터였다.

즉, 청성파를 쳐서 제갈가 무사들을 살려 보내는 게 백리중을 곤란하게 만들기 때문이었다.

정치적으로 생각하는 자를 상대하려면 그들의 생각을 알고 이해해야 한다!

망료는 그 점을 충분히 이용해 백리중을 압박하고 있었다.

진자강은 이를 꾹 깨물었다.

왜 강호를 복마전(伏魔殿)이라 하는지 깨달았다.

협(俠)과 의(義)가 사라진 강호에서 권모술수가 판을 치고 있음을 피부로 느꼈다.

끊임없이 얽힌 은원 관계와 그 속에서 살아남기 위한 몸부림들.

소름이 끼쳤다.

약문과 독문의 혈사도 분명히 그 점에서 기인하였을 것이다.

'이런 강호에서 도의를 찾고 명분을 세우라고?'

인은 사태의 요구가 얼마나 어렵고 험난한 것인지 새삼 깨달았다.

그러나 한편으로 진자강은 그래서 더욱 알고 싶어졌다. 도대체 약문과 독문에 어떤 사정이 얽혀 있기에 그러한 혈사가 생겼는지.

그러기 위해서는…….

여기서 살아 나가야 한다.

망료와 백리중이라는 철천지원수를 눈앞에 두고 있지만, 이제는 그들을 죽인다고 복수가 끝이 아님을 알기에 물러서야 했다.

진자강은 제갈가 무사들을 쳐다보았다.

아주 잠깐 고민했으나 마음을 정한 진자강이 말했다.

"죽기 싫으면 달아나십시오."

장내가 매우 고요했기에 진자강의 말을 모든 이가 똑똑히 들었다. 백리중도 마찬가지였다. 백리중의 표정이 굳었다.

그 순간 망료가 웃었다.

"결정적이로군."

사파인들과 청성파의 복면인들이 아직 어리둥절해하고 있을 때, 이미 제갈가 무사들 중 눈치 빠른 몇몇은 사태를 이해했다. 제갈가 무사들이 슬슬 눈치를 보았다.

그리고 개중 한두 명이 바로 달아나기 시작했다. 사파인들도 굳이 덤비지 않는 제갈가 무사들을 막을 필요는 없으니, 그냥 내버려 두었다.

이렇게 되면 백리중에게도 선택의 여지가 없었다. 사파에게 방해를 받으면서 제갈가의 무사들을 전부 쫓아가 죽일 수는 없다.

망료가 백리중을 부추겼다.

"어서 선택하는 게 좋을 거요. 더 늦으면 나도 도리가 없소이다. 게다가 무림총연맹에서 또 고수를 급파한 모양이던데 언제 도착할지도 모르겠고."

백리중이 이를 빠득 갈더니 음산한 말투로 망료에게 말했다.

"한 놈이라도 놓치면 너는 내 손에 죽는다."

어쩔 수 없이 망료의 제안에 응한 것이다.

망료가 씩 웃었다.

"걱정 마시오. 귀찮은 일을 처리하는 건 내 전문이니까."

망료가 묘월에게 말했다.

"그럼 부탁을……."

묘월이 썩 마음에 들지 않는 투로 불살검을 든 채 몸을 날렸다.

편복이 다급하게 외쳤다.

"마사불을 막아야 한다! 제갈가 무사들이 달아나야 우리가 살아!"

그 말을 들은 제갈가 무사들이 일제히 뛰어서 달아나기 시작했다.

묘월의 앞을 청성파의 복면인 한 명이 막아섰다.

"방해된다!"

묘월이 불살검을 힘껏 휘둘러 청성파 복면인을 쳐 버렸다.

펑!

청성파 복면인이 검으로 방어했으나 내공에서 밀려 몇 걸음이나 뒷걸음질을 쳤다. 아미파에서도 손가락에 꼽는 고수인 묘월이 손에 사정을 두지 않고 마음껏 내공을 쏟아 내니 감당키가 쉽지 않았다.

밀려난 청성파 복면인이 외쳤다.

"아미파는 손을 떼고 물러나기로 했는데 스님께서는 왜 아직 여기 계시는 것입니까!"

묘월이 코웃음을 쳤다.

"도사 나부랭이들은 남의 일에 참견하는 것을 왜 이리 좋아하는지 모르겠구나."

묘월은 청성파 복면인을 무시하고 제갈가 무사들을 뒤쫓으려 했다.

그런데.

"궤마기참 쌍홀박수!"

따악!

묘월은 귀를 찌르는 날카로운 음공에 살짝 비틀거렸다. 묘월의 눈초리가 치솟았다. 작은 체구의 복면인이 눈에 들어왔다.

"네놈! 일전의 그 소악귀로구나!"

운정이 움찔해서 몸을 움츠렸다.

묘월의 눈에 살기가 진하게 감돌았다. 묘월은 운정을 갈아 먹을 것처럼 노려보았다. 갈등이 되었다. 제갈가의 무사들을 쫓기 전에 운정을 죽이고 나서 가고 싶은 마음이 컸다.

묘월의 입가에 얇은 미소가 지어졌다. 운정을 죽이기로 결심한 것이다.

자신을 향한 살기에 놀란 운정이 다시 홀을 쳤다.

따악!

묘월의 몸이 잔상을 남기며 옆으로 이동했다. 묘월의 표정이 자신에 찼다. 음공의 영향을 받지 않았다.

궤마기참 쌍홀박수는 제종향령과 달라서 지점에 집중하는 방식이라 정확하게 소리가 전해지지 않으면 피해를 주기 어렵다.

"아, 아아앗."

운정이 서둘러 몇 번이나 쌍홀을 쳤지만 묘월은 아미파의 보법을 밟으며 몸을 이리저리 피했다. 흐릿한 잔상이 운정을 향해 점점 다가가는 듯한 모습이었다.

그때 묘월이 어깨를 뒤로 빼면서 고개를 옆으로 틀었다.

피이잉!

침 한 자루가 묘월의 뺨 위를 지나갔다. 묘월의 귀밑 머리카락이 흔들렸다. 침이 지나간 궤적에서 비린내가 났다. 묘월이 눈을 부릅뜨고 옆을 쳐다보았다.

진자강이 자신의 왼쪽 눈을 가리키고 묘월을 다시 가리켰다. 묘월의 눈을 그렇게 만든 게 누구냐고 묻는 듯했다.

뿌드드득.

묘월은 부서져라 이를 갈았다.

"네 이노오오옴! 무간지옥에 떨어져 죽을 제바달다 같은 놈! 오늘 네놈의 목을 베기 전까지는 내 부처에게 귀의하지 않겠노라!"

묘월은 살기에 휩싸여 제갈가 무사들을 쫓아야 한다는 것도 잊었다. 눈앞에 오직 진자강만이 보였다. 묘월은 진자강을 향해 달려들었다.

진자강의 도발이 성공했다. 진자강은 제갈가의 무사들이 달아날 수 있도록 보호해야 싸움이 유리해진다는 걸 알고 있었다.

단령경과 복천 도장만으로 백리중을 막기 어렵다는 것도 확인했기에 묘월을 끌어들여 최대한 싸움을 복잡하게 만들 생각이었다.

진자강은 뒤로 몸을 빼서 묘월을 유인했다.

그사이 복천 도장이 운정에게 소리쳤다.

"너는 제갈가의 무사들과 사파인들을 보호하러 가라!"

"네, 넷!"

운정은 소소가 있는 쪽으로 뛰어갔다.

한편, 진자강을 쫓는 묘월의 모습을 본 망료는 고개를 설레설레 저었다. 겨우겨우 달래서 여기까지 왔는데 마지막 순간에 일을 그르치고 말았다.

"쯧."

망료는 나무 기둥을 박차고 나무 위로 뛰어올라 제갈가 무사들을 뒤쫓았다. 의족이 부러져서 땅을 짚는 것보다 나뭇가지를 밟으며 날아가는 게 더 빨랐다.

양옆 나무에서 청성파 복면인 둘이 함께 나무를 타고 뛰어 올라왔다. 둘이 동시에 망료를 향해 장을 뻗었다.

한쪽은 웅후한 대뢰장(大雷掌)이고 다른 한쪽은 촘촘한 산쇠장(散衰掌)이다.

망료는 공중에서 몸을 틀어 의족을 굵직한 나무 기둥에 틀어박고 광혈천공을 일으켰다. 양손을 품에 넣었다가 뽑으며 각기의 장을 맞대었다.

퍼어억!

대뢰장의 묵직한 내공과 맞닿은 왼쪽 손바닥이 터져 나갈 듯한 충격을 받았다. 몸으로 받았으면 내장이 뭉개졌을 만한 위력이다.

산쇠장은 반대로 내공을 흩트리고 쇠하게 만드는 위력을 가졌다. 오른쪽 손바닥에서는 한기가 오슬오슬 들며 손에서 힘이 빠지는 느낌이 들었다.

양쪽의 상반된 장력이 동시에 망료를 쳤으니 망료가 멀쩡할 리 없었다. 망료의 입가에서 피가 흘렀다. 그러나 비명을 지르며 팔을 회수한 것은 청성파 복면인 두 명이었다.

"악!"

둘이 동시에 손을 감싸 쥐고 땅으로 뛰어내렸다.

청성파 복면인 둘의 손바닥에는 엄청난 숫자의 구멍이 뚫려 있었다. 거기에서 피가 샘솟음은 물론 살이 짓물러서 피부가 시커메진 채로 녹고 있었다.

복면인 둘은 급히 내공으로 독기를 차단하고 점혈했다. 손바닥에서부터 팔목까지 순식간에 독기가 타고 올라와 핏줄이 시커먼 색으로 변해 거미줄처럼 보였다.

"흐흐."

망료의 양손에는 녹피 장갑이 끼워져 있는데 장갑의 손바닥에 독이 발린 작은 가시들이 빽빽하게 박혀 있었다.

망료의 독문 절기인 사망독장이다. 진자강의 외조부인 손위학도 망료의 사망독장에 죽었다.

잔인하고 비열한 수법인 까닭에 무림총연맹에 들어 정파인의 행세를 하고 있을 때에는 사용할 수 없었던 무공이다.

그렇다고 해도 청성파의 장법 둘을 동시에 받아 낼 수 있었던 건 홍영단의 덕이다.

"정파 나부랭이라는 귀찮은 허울을 벗어 버렸더니 이런 이점도 있구먼?"

망료는 나무 기둥에 박힌 의족을 뽑고 제갈가 무사들을 뒤쫓았다.

나머지 청성파 복면인 한 명은 혈도를 짚어 제압해 뒀던 제갈가 무사들을 풀어 주고 있었기에 망료를 쫓을 수 없었다. 별수 없이 손을 쓰지 못하게 된 두 명의 청성파 복면인이 망료를 뒤따라갔다. 사파인들도 망료를 막기 위해 움직였다.

백리중의 이마에는 핏줄이 잔뜩 튀어나와 있었다. 심기가 매우 불편했다. 돌아가는 상황이 영 마음에 들지 않는다.

제갈가 무사들이야 어차피 조금 있었으면 사파에 의해 알아서 정리되었을 것이다. 그것들이야 있든 없든 애초에 상관이 없었다.

하지만 망료가 굳이 나타나서 헤집는 바람에 죄다 엉망이 되어 버렸다. 심지어 달아나는 제갈가의 무사들을 제대로 잡을 수 있을 것 같지도 않다.

"흠."

백리중은 싸움 중인데도 불구하고 눈을 감았다. 생각을 정리하려는 것이다. 백리중의 그런 대담함에는 복천 도장조차 혀를 내두를 지경이었다.

하나 그렇게 마냥 내버려 둘 수는 없다. 단령경이 도를 쥐고 내공을 끌어 올리며 물었다.

"당신, 존사께서 죽기 전에 한 말의 의미가 무엇이었지?"

백리중은 눈을 감고 묵묵부답, 대답하지 않았다.

단령경이 다그치듯 다시 물었다.

"당신이 언제 일도를 넘어설 수 있을 정도로 강해졌지? 당신이 무슨 수로 일사이불삼도이왕만큼 강해졌느냐고!"

백리중이 마침내 입을 열었다.

"알고 싶은가?"

백리중의 목소리가 이상했다. 걸걸하고 갈라진 것이 방금 전의 굵고 진중한 목소리가 아니었다.

"그래. 알고 싶어!"

번쩍!

백리중이 눈을 떴다.

"무암에게 가면 알려 줄 게다."

눈가에 불그스름한 기운이 맺히고 턱과 얼굴에 푸른 핏줄이 돋아났다. 소름 끼치는 진득한 살기가 뿜어져 나왔다. 발밑에서부터 소용돌이가 일며 내공을 한껏 발하려 했다.

그런데 그때 백리중의 앞을 뭔가가 휙 하니 지나갔다. 날카로운 예기가 백리중에게로 쏟아졌다. 백리중은 주먹을 쥐고 손등으로 덩어리를 후려쳤다. 덩어리가 급하게 팔을 들어 어깨로 막았다.

쾅!

백리중에게 얻어맞은 덩어리가 바닥을 구르며 벌떡 일어섰다.

진자강이었다. 뒤를 이어 묘월이 난입하듯 뛰어들어 진자강을 공격했다.

진자강은 불살검을 피하며 계속해서 암기를 던졌다. 그중 일부는 백리중에게도 날아갔다.

백리중은 어느새 본래의 얼굴로 돌아와 진자강이 던진 암기를 천주인으로 툭툭 쳐 냈다.

"건방진 애송이가……."

진자강의 의도는 뻔했다. 백리중과 묘월의 발을 동시에 묶어 두려는 것이다.

복천 도장이 진자강의 의도를 읽고 주인 없는 검을 주워 공격에 가세했다.

칠십이파검의 속도를 최대한 늦춰 펼치며 단령경이 끼어들 자리를 만들었다. 단령경이 함께 끼어들어 도법을 펼쳤다. 단령경도 도법에는 일가견이 있어서 마음만 먹으면 도기가 한 자씩은 뻗어 나왔다.

백리중은 백리가의 삼절 중 하나인 가전 검법 운성십삼검(隕星十三劍)을 펼쳤다. 두 개의 검기와 한 개의 도기가 얽혔다. 백리중은 단령경의 도를 쳐 내고 복천 도장의 검을 걷어 냈다.

또다시 진자강이 등 뒤에서 암기를 던졌다. 비선십이지가 호선을 그리며 날아온다. 백리중은 천인신검의 내공으로 뒤도 돌아보지 않고 장풍을 던져 암기를 흩날리게 했다. 위협적이기보다는 일부러 호선을 크게 그려 신경을 거슬리게 만드는 공격이었다.

진자강은 백리중에게 암기를 던지느라 묘월에게 옆을 잡혔다.

묘월이 진자강의 다리를 걷어차 넘어지게 만들었다. 그러곤 불살검을 치켜들었다.

이를 본 복천 도장이 백리중의 검에 자신의 검면을 붙인 채로 도가의 수법인 뇌정호령(雷霆號令)을 사용했다.

땅!

복천 도장의 검면에서 강한 울림이 생기며 백리중의 검이 튕겨 나갔다. 백리중의 검이 묘월에게로 틀어졌다. 백리중이 검기를 시기적절하게 회수하여 묘월이 다치진 않았으나 묘월은 화들짝 놀랐다.

"무슨 짓인가!"

그때 진자강이 바닥에서 묘월의 발등에 독침을 꽂으려 했다. 묘월은 백리중에게 항의하느라 이 광경을 보지 못했다. 묘월이 당하게 내버려 둘 수는 없다. 백리중은 묘월의 다리 아래로 지풍을 튕겼다. 진자강은 독침을 포기하고 몸을 굴려 피했다.

단령경이 백리중의 등을 노려 수직으로 도를 그었다. 묘월이 발을 박차고 백리중을 뛰어넘으며 단령경에게 백원권(白猿拳)으로 주먹을 뻗었다.

단령경은 외팔이었으므로 백원권에 검법이 이어지면 막을 도리가 없다. 도로 땅을 찍고 뛰어 연환각으로 백원권을 상대했다.

파파팍!

둘의 주먹과 발이 여러 번 교차했다.

진자강이 백리중의 정면으로 뛰어들며 낫을 휘둘렀다. 백리중이 천주인으로 낫을 힘껏 쳐서 걷어 냈다.

파캉!

진자강의 낫은 고스란히 부러져 버렸다. 백리중이 주먹을 들어 진자강을 쳤다. 진자강은 포룡박으로 백리중의 팔뚝을 찍었다. 그런데 손가락이 들어가지 않았다. 진자강의 손톱 끝이 깨졌다.

백리중의 내공이 일으킨 반탄력을 뚫을 수 없었다. 백리중이 이마로 진자강의 머리를 들이받았다.

퍽!

진자강의 정수리에서부터 얼굴로 피가 흘렀다. 진자강은

비틀거리면서도 어느새 백리중의 팔에 탈혼사를 걸고 있었다. 진자강이 탈혼사를 힘껏 당겼다. 백리중은 빠르게 소매를 휘저어 탈혼사를 날려 버리고 천주인을 들었다.

찰나.

"엎드려라!"

복천 도장이 일갈하며 검을 휘둘렀다.

복천 도장의 검 끝에 몽우리처럼 검기가 둥그렇게 맺혀 있다가 터지면서 검기가 댓 장이나 뿜어져 나왔다.

풍운검!

진자강은 바로 엎드렸다. 단령경과 묘월은 박투를 벌이다 말고 공중으로 뛰어올랐다.

쫘악!

풍운검의 검기가 하늘과 땅을 수평으로 이분했다.

하지만 백리중은 피하지 않고 천주인을 들어 풍운검을 받아 냈다.

카가가각!

풍운검의 검기가 밀려들다가 천주인과 마주쳤다. 백리중이 검면에 한 손을 덧대어 내공을 더했다.

펑!

풍운검의 검기가 허공에서 바스러지고 복천 도장의 검까지 깨졌다. 일반적인 검이라 두 사람의 내공을 이겨 내지 못했다.

진자강이 시체가 들고 있던 검을 주워 복천 도장에게 던지고 동시에 왼손으로는 백리중을 향해 독침을 던졌다. 백리중은 복천 도장이 검을 잡는 걸 방해하려 했으나, 진자강의 독침을 무시할 수는 없었다. 이미 한 번 당한 경험이 있기 때문에 진자강의 독이 얼마나 지독한지 알았다.

복천 도장이 안전하게 검을 손에 넣고 재차 백리중에게 공세를 가했다.

묘월이 단령경의 도를 받아 내며 동시에 반대쪽 손으로 복천 도장의 옆구리를 장으로 때렸다. 복천 도장이 묘월의 손바닥을 발바닥으로 받고 반탄력을 이용해 뛰었다. 복천 도장이 공중제비를 넘으며 백리중의 머리 위에서 검초를 퍼부었다. 검기가 소나기처럼 쏟아졌다.

백리중이 한 손으로 천주인을 휘둘러 반원형의 검막을 펼쳤다. 검막으로 검기를 걷어 낸 후에 왼손을 위로 뻗었다.

우르릉.

벼락 소리가 울렸다.

굉가부곡장을 의심한 복천 도장이 화급히 몸을 회전시키며 궤도를 틀었다.

곧 백리중의 왼손에서 막대한 장력이 뿜어져 나왔다. 복천 도장은 굉가부곡장을 정면에서 맞는 건 면했지만 오른쪽 다리가 쓸렸다.

뿌드득!

옷이 찢겨 나가고 근육이 뒤틀렸다. 복천 도장은 장으로 바닥을 때리며 왼발로 겨우 착지했다. 복천 도장의 중심이 흐트러진 때에 백리중이 삼검을 찔러 냈다.

복천 도장은 힘으로는 제대로 받아 낼 수 없다는 걸 알고 이화접목의 수로 백리중의 검을 미끄러뜨리려 했다. 하지만 백리중의 천주인이 빠르게 진동하며 복천 도장의 수법을 불허(不許)했다. 천주인에 부딪친 복천 도장의 검이 또다시 깨져 나갔다. 이어 백리중의 삼검이 육검으로, 육검이 구검으로 갈라져 복천 도장의 요혈을 노렸다.

복천 도장은 이를 악물고 동귀어진을 결심했다. 방어를 포기하고 부러진 검으로 백리중의 심장을 찔렀다.

푸욱!

복천 도장의 등 뒤로 검기가 삐져나왔다. 복천 도장의 부러진 검은 백리중의 심장에 닿지 못하고 손가락 사이에 잡혀 있었다.

"크윽……."

복천 도장의 입에서 바람 빠진 신음 소리가 흘러나왔다.

"이제 사형 곁으로 가야지?"

백리중이 음산한 목소리를 내뱉으며 복천 도장을 내려다보았다.

복천 도장은 이를 갈며 백리중을 향해 일권을 내질렀다. 백리중은 복천 도장의 가슴에서 천주인을 뽑으며 훌쩍 뒤로 물러났다.

진자강은 복천 도장을 돕기 위해 백리중에게 달려들었다.

묘월이 곁눈질을 하더니 몸을 날려 진자강의 앞을 가로막았다. 단령경이 도에 완전히 무게를 실어서 크게 도를 날렸다.

"비켜라!"

묘월이 장을 위에서 아래로 때려 단령경이 던진 도를 바닥에 처박았다.

쾅!

단령경이 묘월을 뛰어넘으려 했으나 묘월은 쾌속한 신법으로 단령경까지 막아섰다. 단령경이 연환각으로 몇 차례나 묘월을 걷어찼다. 묘월은 흙바람을 일으키면서 모두 피해 냈다.

진자강이 지나가려 하자 단령경을 뿌리치고 다시 진자강의 앞을 막았다. 자신을 통과하지 못하면 복천 도장에게 갈 수 없다는 뜻이다. 단령경은 어쩔 수 없이 묘월을 공격했다. 하나 단령경의 한 손으로는 묘월의 양손이 펼치는 방어를 뚫기가 쉽지 않았다.

묘월은 조소를 지으면서 단령경의 빈 어깨를 장으로 쳤다.

퍽!

단령경이 주춤거렸다.

그러곤 묘월이 고개를 돌렸는데 진자강이 보이지 않는다. 청력을 집중했으나 숨소리도 들리지 않았다.

"……!"

묘월은 왼쪽 눈이 멀어 있어 왼쪽이 시야의 사각지대다. 자기도 모르게 고개를 돌렸다. 진자강이 숨을 죽이고 묘월의 왼쪽에서 기다리고 있었다. 묘월은 이상한 느낌이 들어 보법을 밟아 피하려고 했다가 왼쪽 다리에 감기는 예리한 감촉을 느끼곤 바로 멈춰 섰다.

동시에 바로 다리를 들었다. 탈혼사가 조여지며 정강이가 있던 부분을 감고 스쳐 갔다.

진자강은 묘월의 보법을 봉쇄하면서 동시에 묘월의 등 뒤로 돌았다. 진자강이 뒤에서 묘월의 목을 팔로 휘감아 졸랐다.

묘월은 진자강이 일전보다 훨씬 빨라지고 힘이 강해진 걸 깨달았다. 목에 힘을 주고 버티면서 손을 올려 진자강의 머리칼을 쥐려 했다. 진자강이 고개를 돌리면서 묘월의 손을 피했다.

진자강은 왼팔에 온 힘을 집중했다. 네 개의 둑에서 나오는 옥허구광 오뢰합마공의 힘은 결코 약하지 않다. 왼쪽 탁기의 묵직한 힘이 묘월의 턱과 목을 강하게 짓눌렀다.

"끅. 끄윽."

묘월의 얼굴이 벌게지고 입에서 침이 흘렀다. 외눈이 충혈되며 눈물이 그득해졌다.

단령경이 달려와 묘월의 명치를 손끝으로 찔렀다. 묘월은 목이 잡힌 채로 다리를 들어 단령경의 팔을 양다리로 감았다. 묘월이 허리를 힘껏 틀어서 단령경을 던져 버렸다. 단령경은 외팔이라 낙법을 칠 수 없었다. 바닥에 두 번이나 튕기면서 굴러 일어났다.

그래도 진자강은 떨어지지 않았다. 묘월은 이제 얼굴이 완전히 새빨개졌다. 불살검까지 놓고 양손으로 자신의 뒤통수 쪽을 휘저으며 진자강의 머리를 찾았다.

진자강은 머리를 최대한 뒤로 뺐다. 묘월은 한 손으로 진자강의 뒤통수를 잡고 다른 손 엄지로는 진자강의 왼쪽 눈밑을 눌렀다. 자신처럼 외눈으로 만들어 버릴 셈이다!

단령경이 달려와 주먹으로 묘월의 복부를 가격했다.

펑! 퍼펑!

묘월은 오로지 호신기만으로 버텨 내면서도 진자강의 눈을 누르는 걸 포기하지 않았다. 지독한 집착이었다. 진자강은 눈을 꽉 감고 버렸지만 눈꺼풀이 점점 불거지며 눈이 튀어나오기 시작했다.

진자강은 오른손 새끼손가락 끝을 물어뜯었다. 독액을 끌어내 묘월의 입에 가져다 댔다. 묘월이 필사적으로 입을 다물고 버렸다.

단령경이 계속해서 묘월의 복부과 명치를 가격했다.

퍽! 퍽!

묘월의 깊은 내공 때문에 반탄력에 의해 단령경도 주먹이 아렸다. 그러나 묘월이 아무리 호신기로 버텨도 어쨌든 한계가 있을 수밖에 없었다.

와직.

단령경의 공격에 묘월의 갈비뼈 한쪽이 부러지면서 진자강의 눈을 누르고 있던 묘월의 손에서 힘이 빠졌다. 묘월이 단령경의 공격을 막기 위해 진자강의 눈에서 손을 떼는 순간 진자강은 묘월의 턱을 확 비틀었다.

우드득!

묘월의 목이 옆으로 꺾였다.

하지만 묘월은 목이 꺾이는 순간 자신의 목을 잡고 다시 반대로 비틀어 원래대로 돌려놓았다.

우득!

진자강은 경악하며 독침을 묘월의 목에 박으려 했다. 묘월이 팔꿈치를 뒤로 휘둘러 진자강의 머리를 쳤다. 진자강이 팔뚝으로 팔꿈치를 막았다. 하나 그사이에 묘월은 진자강의 구속을 벗어났다.

"크아아아아!"

얼굴이 벌게지고 눈까지 충혈되어 포효하는 묘월의 모습은 악귀와도 같았다.

백리중은 오른손에 천주인을 들어 복천 도장을 계속 몰아붙이고 있었다.

쌔액. 쌔액.

복천 도장에게서 공기 새는 소리가 났다. 허파를 찔려서 숨을 쉴 때마다 입에서 피가 튀었다. 게다가 검이 부러져 제대로 천주인을 맞상대하기 어려웠다.

단령경은 묘월을 공격하려다 복천 도장이 더 위급한 걸 보고 묘월의 불살검을 든 채 복천 도장 쪽으로 달려갔다.

백리중이 왼손으로는 검결지를 쥐어 단령경을 상대했다. 검결지에서 청명한 검기가 한 자나 튀어나왔다.

"하압!"

백리중이 천인신검을 사용하며 기합을 넣자 검결지의 검기가 훨씬 더 깊고 진한 색이 되었다. 단령경의 불살검과 부딪쳐도 검기가 깨지지 않았다.

백리중은 고개를 좌우로 돌리면서 동시에 두 사람을 상대했다. 그러면서도 손놀림에 빈틈이 없었다. 오히려 밀리는 건 복천 도장과 단령경이다. 단령경은 복천 도장까지 돌보며 싸워야 했기 때문에 백리중에게 깊은 공격을 할 수가 없었다.

하나 백리중의 눈은 두 사람에게만 집중되어 있진 않았다. 그의 눈은 간간이 상황을 살피고 있었다.

제갈가의 무사들이 사방으로 흩어져 달아나고 있었다. 산을 완전히 내려가서 마을까지 가거나 무림총연맹의 지원군이라도 만나면 일이 곤란해진다.

망료가 제갈가 무사를 세 명까지 주살했지만, 사파인들과 청성파가 끈질기게 달라붙어서 그 이상은 쉽지 않아 보였다. 아니, 할 수 있는데도 일부러 시간을 끄는 것처럼 보인다.

백리중은 오래 고민하지 않았다. 단령경은 지금 죽이는 게 깔끔하지만 장래를 생각하면 죽이지 않는 편이 더 나을 수도 있다. 산동 사파는 백리중이 다시 자기 자리를 찾기 위한 좋은 먹잇감이다.

복천 도장도 마찬가지다.

그러나 한 놈은 아니다.

독룡.

백화절곡의 일 때문에 악연으로 얽혔으며 끝끝내 자신이 애지중지하던 양아들을 죽인 놈.

놈은 강호에 출도한 지 이 년도 안 되어 벌써 마사불 묘월과 거의 비등하게 싸우고 있다. 제대로 된 무공을 배운 것 같지도 않은 지금에조차 걸림돌인데 내버려 두면 얼마나 성장할지 알 수 없다. 싹은 자라기 전에 밟아야 한다.

그리고 무엇보다, 망료가 개입하게 만든 원인을 제공한 놈이라는 게 가장 마음에 들지 않는다.

'너는 죽인다.'

백리중은 갑자기 땅을 박차고 복천 도장과 단령경에게서 벗어났다. 복천 도장과 단령경이 아차 하는 순간에 백리중은 진자강의 등 뒤로 날아들었다.

"조심하거라!"

단령경이 소리치며 백리중의 뒤를 쫓았다.

백리중은 확실하게 진자강을 죽이기 위해 천주인을 왼손으로 옮겨 쥐고 오른손 장심에 내공을 집중하며 손을 치켜들었다.

진자강은 검지와 중지 사이에 독침을 끼우고 묘월과 금나수로 싸우는 중이었다. 하나 첨련점수의 첨, 손을 마주 대는 시작에서부터 쉽지 않았다. 고수인 묘월은 첨련점수의 파훼법을 정확히 알고 있었다.

인진락공합(引進落空合)!

진자강이 겨우 손을 붙였다 싶으면 바로 떼고, 붙이려고
한 순간에 밀어서 떨어뜨린다. 적당히 힘을 주어 밀고 당기
면서 적절한 때에 첨련점수를 끊었다. 진자강이 첨에서 손
을 붙이고 있는 련으로 넘어가는 과정을 하지 못하게 했다.
첨에서 련까지 이어져야 진자강이 청으로 묘월의 움직임을
읽을 수 있는데 그게 안 되는 것이다.

　하지만 덕분에 진자강은 묘월을 통해 새로운 금나수의
대응 수법에 눈을 뜨게 되었다. 자기보다 훨씬 고수와 겨루
는 것은 설사 그것이 생사의 갈림길인 때라 하더라도 큰 도
움이 된다.

　진자강은 필사적으로 묘월의 금나수를 읽기 위해 애썼
다. 온몸을 채우고 있는 옥허구광 오뢰합마공 사광제의 내
공이 전신의 감각을 극대로 일깨웠다. 털끝 한 올 한 올의
감각이 묘월의 수법을 조금씩 읽기 시작했다. 인진락공합
의 구결은 모르지만 묘월이 사용하는 금나수의 묘리를 느
꼈다.

　묘월의 눈이 일그러졌다. 아미파에서 내로라하는 고수인
묘월이 지금의 상황을 이해하지 못할 리 없었다. 조금씩 진
자강과 손등을 맞대고 있는 시간이 길어졌다. 진자강이 어
느샌가 인진락공합의 대응법인 부주부정(不丟不頂)을 펼치
고 있었다.

묘월은 기분이 매우 나빴다. 죽이고 싶은 놈이 자신과 싸우면서 실력이 늘고 있는데 기분이 좋은 건 정신 나간 놈들뿐일 것이다!

묘월은 이를 빠득빠득 갈면서 더욱 손을 빠르게 놀렸다.

그때 갑자기 진자강의 뒤에서 백리중이 홀연히 나타났다.

"죽어라."

소름 끼치도록 차갑게 말을 내뱉은 백리중이 진자강의 머리를 장으로 내려쳤다.

살기를 느낀 진자강이 백리중을 돌아보며 반사적으로 손을 마주 뻗었다.

퍽!

진자강의 좌장과 백리중의 우장이 부딪쳤다.

진자강은 손가락 사이에 독침을 끼우고 있었는데 독침이 백리중의 장력을 이겨 내지 못하고 구부러졌다.

진자강은 소름이 끼쳤다.

실수다.

백리중의 내공이 자신보다 월등하다는 건 이미 손을 맞대어 보아 알고 있었지만 이 정도로 무지막지한 줄은 몰랐다. 금나수에 너무 정신을 빼앗겨 무심코 정면으로 받은 게 정말 큰 실수였다.

하지만 이미 허리를 튼 자세이기 때문에 달아나거나 피할 수도 없었다. 진자강은 자신의 팔을 포기해야 한다고 판단했다. 진자강은 겨우겨우 버티면서 허리춤에서 작은 단검을 꺼냈다.

팔을 자르지 않으면 백리중의 내공이 손바닥을 타고 밀려들어 진자강의 장기를 파괴할 것이다.

그러나 백리중이 내버려 둘 리 없었다. 백리중은 장력에 한층 힘을 가했다.

백리중의 내공이 손바닥을 타고 진자강의 장심을 뚫고 들어갔다.

드드득!

진자강의 손등에서부터 팔뚝의 핏줄과 근육이 차례로 터질 듯 팽창했다.

진자강은 전신 털이 곤두서고 몸이 마비가 된 듯 굳어 버렸다.

뚜둑.

손목 관절이 눌리고 팔꿈치가 뒤틀렸다.

진자강은 버티지 못하고 다리를 굽혔다. 백리중이 내리누르는 힘이 너무 강해서 아무리 힘을 줘도 다리를 펼 수가 없었다. 온 힘을 다해 버티는 진자강의 다리가 덜덜 떨렸다.

그 와중에 백리중의 눈에 의아함이 스쳐 갔다.

지금의 내가중수법(內家重手法)에 팔 성의 힘을 담았다.

이 정도면 단령경이나 복천 도장도 정면으로는 버티기 힘든 수준이다.

그런데 진자강은 어째서 아직까지 버티고 있는가?

왜 자신의 내공이 팔꿈치에서 더 이상 안쪽으로 파고들지 못하는가?

심지어 진자강과 자신은 내공의 운용 방법은 원류(源流)가 같다. 같은 원류를 가지고 있다면 성취가 더 높은 백리중이 응당 압도해야 하지 않겠는가!

백리중의 장력이 주춤한 사이에 진자강은 왼쪽 장심의 둑을 최대로 쌓고 내공을 일으켰다. 중단전과 우용천, 회음의 둑에서 생겨난 와류의 힘을 모조리 끌어내 막았다.

사광제에서 뿜어 나오는 와류충제를 느낀 백리중의 눈이 차갑게 빛났다.

발악하듯 버티는 진자강의 모습에 백리권을 떠올렸다.

천인신검 칠성을 넘어선 백리권이 진자강을 이기지 못한 건, 애초에 천인신검 십성이 옥허구광 오뢰합마공의 오광제를 기반으로 설계된 까닭이다.

천인신검 팔성에 이르러야 겨우 삼광제의 초반에 대응할 수 있다. 옥허구광 오뢰합마공이 얼마나 강력한 힘을 가졌는지 알 수 있는 것이다.

하지만 천인신검을 차치하고서라도 칠광제를 넘어선 지 오래인 백리중의 내공에 어째서 사광제의 진자강이 아직도 대항하고 있는지 이해할 수가 없었다.

백리중은 더 힘을 가했다. 일 할의 힘을 더 끌어 올렸다. 단령경과 복천 도장을 두고 있기 때문에 뒤도 없이 십성으로 전력을 퍼붓기 어려웠다.

그러나 백리중인 전력을 다하지 않은 것을 금세 후회했다.

진자강의 기혈이 기이하리만치 무겁고 두껍다. 기혈이 너무 치밀하고 끈적거렸다. 이것은 마치 기혈이 막혀 있는 것과 다름이 없을 지경이다. 거기에 사광제의 와류충제가 더해지니 백리중의 내공이 침투하지 못하고 맞닿은 부위의 근맥만을 파괴하고 있는 것이다.

투툭, 툭.

진자강의 팔뚝이 부풀면서 피부가 찢어지고 짓눌려 뜯어진 근이 튀어나오며 피를 뿜었다. 전력을 다해 내공을 일으키고 있어서 실로 오랜만에 우반신의 실핏줄이 터져 피가 샜다. 눈 안에서도 혈관이 터져 눈이 새빨간 피로 물들었다.

너무 힘을 주어 숨이 막히고 머리까지 아찔해졌다. 진자강은 총명탕의 부작용에도 불구하고 거의 정신을 잃기 직전까지 몰려 있었다.

백리중은 그런데도 아직 눈빛이 죽지 않은 진자강을 보고 질릴 지경이었다.

근육이 파열되고 혈맥이 눌려 피가 터지니 온몸이 찢기는 느낌일 터이다. 한데도 단 한 번 비명을 지르지 않고 있는 진자강이다.

백리중의 뒤를 따라온 단령경이 백리중을 향해 불살검을 내질렀다. 진자강이 전신에서 피를 뿜어내고 있으니 한시가 위급했다.

백리중은 진자강에게 내가중수법을 퍼붓기를 멈추지 않고 천주인으로 단령경의 불살검을 상대했다.

아주 잠깐 압박이 약해지자 진자강은 남은 힘을 짜내 오른손을 들었다. 아까 물어뜯었던 새끼 가락의 손톱 부근에서는 피와 함께 무색의 독액이 방울지며 흘러나오고 있었다.

진자강은 팔을 떨면서 오른손을 머리 위로 들었다. 피가 섞인 독액이 똑 떨어졌다. 진자강은 입으로 독액을 받아 혀에 머금고 입을 오므려 힘을 모았다. 단령경을 보고 있는 백리중의 옆눈을 노려 독액을 뿜을 생각이었다.

그런데 그때 의도치 않게 묘월이 끼어들었다.

묘월은 백리중의 허리를 발로 찼다.

뻐억!

백리중은 생각도 못 하고 있다가 얻어맞고 옆으로 쭉 밀려났다. 그 와중에 단령경에게 일검을 허해서 눈 아래에 베인 상처가 났다.

묘월이 왼손으로 진자강의 목을 틀어쥐고 앙칼지게 소리를 질렀다.

"이놈은 빈니의 것이야! 이놈을 죽이고 싶으면 네놈도 눈 하나를 내놔!"

백리중이 어이가 없어 묘월을 쳐다보았다. 묘월은 그동안 억눌렸던 살의가 치솟아 스스로를 주체하지 못하고 있었다. 묘월이 살의를 폭발시키며 다른 손으로 진자강의 눈을 뽑으려 들었다.

하지만 진자강은 고개를 억지로 틀어 묘월의 손을 물었다.

으드드득!

묘월의 깡마른 손에 진자강의 이빨이 파고들었다.

묘월은 일전에도 광두 형제에게 손가락을 물려서 검지 끝 한 마디가 잘렸다. 또다시 진자강에게 손을 물리자 노해서 살점이 뜯기든 말든 손을 치켜들었다.

진자강이 뜯어낸 살점과 피를 묘월의 얼굴에 뱉었다. 묘월은 눈도 감지 않고 부릅뜬 채로 진자강의 머리통을 후려쳤다.

퍽!

묘월의 손에 목을 잡힌 채로 관자놀이를 얻어맞은 진자강의 눈에서 초점이 흐려졌다. 묘월은 진자강의 목을 들어 올렸다가 강하게 팽개쳤다.

쾅!

진자강은 등이 찍히는 순간까지 오른손을 들고 있었다. 묘월의 얼굴에 침 두 자루가 날아갔다. 묘월은 손으로 얼굴 앞을 막았다. 손가락 사이에 두 자루의 침을 끼워 잡았다. 진자강은 묘월의 눈이 보이지 않는 왼쪽 뺨과 광대뼈 쪽을 노렸지만 실패했다.

사력을 다해 완전히 정신을 잃은 진자강의 손이 아래로 툭 떨어졌다.

"이…… 이이……!"

묘월이 분노하며 발을 들었다. 그대로 짓밟으면 진자강은 가슴이 부서지고 말 것이다.

복천 도장이 몸을 날려 묘월을 어깨로 밀어쳤다. 묘월은 허리를 젖히며 복천 도장의 겨드랑이에 팔을 끼우고 던져 버렸다. 복천 도장은 몸이 돌아가면서 진자강의 옷깃을 잡았다. 진자강을 잡은 채로 날려져 몇 번이나 바닥을 구르다가 겨우 자세를 잡고 일어섰다.

"쿨럭!"

허파를 찔린 탓에 다시 입에서 피를 토하는 복천 도장이었다.

묘월은 살기를 줄기줄기 뿜어내며 복천 도장과 진자강에게 다가갔다.

그러다가.

비틀.

묘월이 다리를 휘청거렸다. 묘월의 표정이 아리송해졌다.

침은 막았는데?

묘월은 자신의 손을 내려다보았다. 자신의 손이 시커멓게 변해 있었다. 이빨에 물려 뜯긴 자국에 살이 짓물러져 있었다.

묘월은 천천히 고개를 들어서 혼절해서 복천 도장에게 들려 있는 진자강을 쳐다보았다. 묘월이 진각을 밟으며 야수처럼 포효했다.

"으아아아아ー!"

그 모습을 본 백리중은 더 이상 이곳에 미련을 갖지 않기로 했다. 이미 늦었다. 진자강의 독에 당했으니 묘월은 이제 도움이 되기 어렵다.

백리중도 진자강 때문에 시간을 너무 끌었다.

단령경이 자리를 피하려는 백리중의 앞을 가로막았다.

"달아나게? 누가 그렇게 내버려 둘 줄 알아?"

백리중은 단령경을 노려보며 말했다.

"꼬마와 도사를 살리고 싶지 않은가."

단령경이 흠칫했다. 단령경이 끝까지 막는다면 진자강과 복천 도장부터 먼저 죽이겠다는 협박이다. 진자강은 혼절했고 복천 도장은 숨을 제대로 쉬지 못해 싸울 수 있는 몸이 아니다.

단령경이 입술을 깨물었다.

"예전이나 지금이나 변하지 않았어. 비열하기 그지없어. 당신."

단령경은 옆으로 한 걸음을 비켜섰다. 백리중이 단령경을 조소했다.

"좋아할 것 없다. 조만간 네 목을 따러 가 줄 테니까. 아주 조금 더 목숨이 연명되는 것뿐이다."

백리중은 즉시 경공으로 몸을 날려서 자리를 벗어났다. 직접 제갈가의 무사들을 처리하러 움직인 것이다.

복천 도장이 기침을 하며 단령경에게 사과했다.

"면목이 없소이다. 내가 당하는 바람에."

백리중이 내려간 지 일각도 채 되지 않았는데 벌써부터 비명 소리가 울리기 시작한다. 제갈가의 무사들 비명처럼 들린다.

청성파의 제자들이나 사파인들로서는 백리중을 막을 수 없다. 괜한 희생만 늘어날 뿐이다.

단령경은 고개를 저었다.

"우리도 더는 싸울 수 없으니 피합시다."

제갈가 무사들이 모두 죽으면 다음은 청성파와 산동 사파의 차례다. 지금 달아나야 한다.

단령경은 묘월을 쳐다보았다.

"으으으으……!"

묘월이 두 눈을 치켜뜨고 노려보는 중이나, 기실 몸 안에 들어온 지독한 독을 막아 내느라 제대로 움직일 수 있는 때가 아니다.

단령경이 소리쳤다.

"형제들! 그만 몸을 피하시오!"

복천 도장도 힘겹게 휘파람을 불어서 청성파에게 달아나자는 의사를 전했다.

사파인들과 청성파가 물러나자 망료와 백리중은 그들을 막지 않았다. 사방으로 흩어져 달아나는 제갈가 무사들을 쫓으며 학살을 시작했다.

제갈가 무사들의 애처로운 비명이 계속해서 속도를 더해 가며 울려 댔다.

＊　　　＊　　　＊

백리중은 천주인에 묻은 피를 죽은 제갈가 무사의 옷에 닦고 납검(納劍)했다.

절룩, 절룩.

양손에서 피를 잔뜩 묻힌 망료가 백리중에게 다가왔다.

"끝. 모두 처리했소. 산 놈은 하나도 없소이다."

백리중은 얼굴을 굳힌 채로 망료를 쳐다보지도 않았다. 따지고 보면 쉽게 끝날 일이 망료 하나로 인해 엉망이 된 터라 기분이 좋을 리 없었다.

백리중이 조용히 물었다.

"아직 한 명 남아 있을 텐데."

"아아, 그렇군."

망료는 가부좌를 틀고 독과 싸우는 묘월에게 다가갔다. 묘월은 운기를 하느라 얼굴이 붉어졌다 파르스름해졌다 하고 있었다.

"놈의 독에 당했구려. 내가 좀 도와 드리겠소."

묘월이 거친 숨을 내쉬며 대답했다.

"고맙……."

망료가 등 뒤 척추 아래쪽 명문혈에 손을 대었다. 명문혈은 매우 위험한 혈 자리로 아무에게나 함부로 내줄 수 있는 자리가 아니다. 그만큼 묘월이 망료를 신뢰한다는 뜻이다.

그러나 망료는 묘월의 명문혈에 내공을 불어 넣는 척하다가 등을 그대로 뚫어 버렸다.

"커억!"

묘월이 눈을 휘둥그레 떴다. 망료의 손이 척추를 뚫고 명치 아래까지 들어왔다가 나갔다. 명치 부위에 커다란 구멍이 뚫려 있었다. 묘월은 휘청거리면서 앞으로 엎어졌다가 고개를 들어 망료를 쳐다보았다. 척추가 부러져 다리에 힘을 줄 수도, 상체를 일으킬 수도 없었다.

"그대가…… 그대가 왜…….'"

망료가 손에서 피를 뚝뚝 흘리며 슬픈 듯한 표정으로 말했다.

"나는 사실 스님이 매우 마음에 들었다네. 하지만 아미파는 이제 독룡을 돕기로 했는데 스님이 남아 있으면 아미파에도, 독룡에게도 방해가 되잖겠소. 아미파와 스님 둘 중에 하나를 선택하려니 어쩔 수 없었소."

묘월의 목소리가 떨렸다.

"빈니는…… 빈니는 그대를 믿었는데…… 같은 고통을 향유한다 믿었는데…….'"

"같은 고통?"

망료는 표정을 찡그렸다.

망료가 묘월의 얼굴에 자신의 얼굴을 가까이 가져다 대고 작게 말했다.

"스님과 내가 경쟁자가 아니었다면 참 좋았을 거요. 내가 독룡을 스님에게 빼앗길까 봐 노심초사하지 않아도 되었을 테니 말이외다."

묘월의 얼굴 근육이 꿈틀거렸다.

"다른 사람이 아닌…… 그대가 원한다면…… 양보할 수도…… 있었을……."

망료는 무슨 생각이 들었는지 몇 번 눈을 깜박이며 침묵했다가 묘월의 뒷덜미를 손바닥 아랫부분으로 후려쳤다.

퍽!

묘월의 눈동자에 피가 차오르며 눈에서 생기가 급격히 빠져나갔다.

묘월은 고개를 땅에 처박곤 죽었다.

망료는 묘월을 똑바로 눕히고 눈까지 감겨 주었다.

"나무아미타불."

망료는 불호를 외곤 잠시 묘월을 바라보다가 말했다.

"그간 나 같은 놈을 따라 주어 고마웠고, 매우 고생했소이다. 편히 눈감으시오."

하지만 눈을 감기고 백리중을 돌아보았을 때에 망료의 입가는 다시금 웃고 있었다. 백리중은 다소 억지스럽다는 느낌을 받긴 하였으나, 그게 중요한 게 아니었다.

"아미파와 산동 사파를 독룡의 손에 쥐여 주었군. 청성파까지."

"아, 티가 났소이까?"

망료의 대답을 들은 백리중의 턱에 힘줄이 돋았다.

"내게서 놈을 살리려고 제갈가 놈들을 처치하는 데 소극적이었던 걸 모를 줄 알았나."

"그래서 일부러 독룡을 더 죽이려 했구려?"

"아들의 원수다."

망료가 혀를 찼다.

"물론 그랬지. 그래도 너무했어. 내가 독룡을 살리고자 뛰어든 걸 알았으면 적당히 봐줄 수도 있었을 텐데."

백리중이 스산한 목소리로 말했다.

"쓸데없는 말을 하면 죽이겠다. 이런 짓을 하고도 내게서 살아남을 수 있다고 생각한 건, 그만한 거래 조건을 가져왔기 때문이겠지?"

망료는 백리중의 협박에도 웃으면서 말했다.

"방금 줬잖소이까."

백리중의 눈에 서서히 핏발이 섰다. 쓸데없는 말을 했다고 생각한 얼굴이다.

망료가 조금 더 빨리 말을 덧붙였다.

"독룡과 청성파와 아미파, 그리고 산동 사파를 검각주께 줬잖소."

백리중이 망료에게 한 말을 망료가 고스란히 돌려준 것이다.

백리중이 눈에 힘을 주었다. 한 줄기 살기가 망료의 목으로 날아갔다. 망료는 소름이 돋은 목을 긁으며 툭 던지듯 말했다.

"무림맹주가 살아 있소이다."

백리중의 눈썹이 꿈틀거렸다. 금방이라도 납검했던 천주인을 뽑을 듯 천주인의 손잡이를 잡았던 손가락을 놓았다.

망료가 한 마디를 더했다.

"멀쩡하게."

그 한 마디로 백리중의 표정이 완전히 달라졌다.

망료가 혼잣말처럼 중얼거렸다.

"흠. 아니지. 멀쩡하다고 해야 할 수 있을지는 잘 모르겠군. 금종조와 철포삼 그리고…… 그것…… 그 호신강기가 뭐였더라?"

"적양신비공."

"그렇소. 적양신비공. 그것까지 뚫고 몸에 몇 개의 구멍을 내긴 했소이다. 그리고 절대황시독으로 중독시켰지. 그 정도면⋯⋯."

백리중이 말했다.

"아무 문제 없다."

"그렇군. 역시 그럴 줄 알았어. 그럼 해월 진인은 멀쩡한 게 맞는 거로군."

망료가 왜 자기가 자신만만한 얼굴을 하고 있는지 알았느냐는 투로 백리중을 쳐다보았다.

"이 정도면 어떻소이까? 내가 살 수 있겠소이까?"

백리중은 담담한 척 표정을 짓고 있었지만 이 순간에도 수많은 생각을 하고 있음이 보였다. 눈에 잔뜩 흥분이 깃들어 들뜬 것이 느껴졌다.

한참 만에야 백리중이 말했다.

"살려 주지."

백리중의 목소리는 매우 흔쾌했다.

백리권이 진자강에게 죽었다는 것조차 잊은 듯한 목소리였다. 망료는 고개를 저었다.

정치적으로 생각하며 이득을 찾는 자들은 어쩔 수 없다. 자식의 복수조차 정치적인 셈법을 따지기 시작하면 희미해지고 만다.

망료는 자신과 반대되는 그런 자들을 경멸하지 않았다. 그런 이들이 있기에 자신이 여기까지 올 수 있었으니까.

해월 진인의 애기를 들은 백리중이 생각한 건 하나다.

해월 진인의 후계자!
차기 무림맹주!

해월 진인이 멀쩡한 상태인데도 상처를 입은 척 뒤로 물러나서 폐관하며 관망하는 이유가 무엇이겠는가. 무슨 일이 벌어지든 관여하지 않겠다는 뜻이다.

하면 누군가는 혼란해진 무림총연맹의 질서를 바로잡아야 할 테고, 그 와중에 두각을 나타내는 자가 바로 차기 무림맹주다.

백리중이 망료를 통해 남들보다 먼저 해월 진인의 본의를 파악한 건 큰 이점이었다. 미리 준비해서 유리하게 시작할 수 있다.

가장 먼저 맹 내의 여러 세력을 규합하여 자기편으로 만들면 차기 무림맹주의 자리는 백리중의 것이 될 수 있다!

백리중이 중얼거렸다.

"후계자……!"

지금 백리중의 머릿속에는 무림총연맹의 맹주 자리만이 가득할 뿐이었다.

백리중을 쳐다보는 망료의 눈이 가늘어졌다.

백리중은 무림맹주에 대한 생각에 골몰하느라 자신의 목과 턱에서부터 퍼런 핏줄이 튀어나와 뺨까지 올라와 있는 것도 모르고 있었다.

망료는 그 모습을 유심히 보다가 살짝 헛기침을 했다.

"흠흠."

그러곤 다시 백리중을 떠보듯 물었다.

"어떻소. 청성파와 아미파, 산동 사파와 독룡을 줬다는 내 말이 틀리지 않잖소이까?"

그제야 정신을 차린 백리중이 대답했다.

"청성파와 아미파는 안 돼."

백리중은 벌써 무림맹주가 된 것처럼 잘라 말했다.

"맹 내에는 아직도 둘을 신뢰하는 자들이 많아. 그 둘을 적대시하면 더 많은 숫자를 내 편으로 만들 수 없다."

백리중이 망료를 보고 입가에 작은 미소를 띠웠다.

"대신 독룡과 산동 사파는 다르지. 오늘 죽이지 않기를 잘했군."

망료도 웃었다.

"드디어 나와 생각이 같아졌구려."

동상이몽(同床異夢).

서로 다른 생각으로 웃고 있다는 건 둘도 잘 알고 있었다. 언젠가 한 명이 뒤에서 칼을 찌를 수 있다는 것도.

그러나 그때까지는 이용할 수 있는 만큼 서로를 이용하게 될 터였다. 쫓기는 신세가 된 망료는 의탁할 데를 원했고, 백리중은 대국적인 목적을 위해서 손 하나도 아쉬울 때였다.

둘은 필요하다면 지옥의 마귀와도 손을 잡을 수 있었다. 아니, 망료는 이미 백리중이 선을 넘어서 지옥에 한 발을 걸치고 있다는 걸 오늘 알았다.

"낄낄낄."

망료는 얼굴을 잔뜩 찡그리고 웃었다.

강호의 비정함에 대한 조소인지, 자괴감의 표출인지 아니면 누군가에 대한 슬픔에의 표현인지는 본인인 망료만이 알 터였다.

＊　　　＊　　　＊

단령경이 이끄는 산동 사파와 청성파는 산 아래까지 내려왔다.

사파인들의 수는 십여 명. 부상을 입은 이도 꽤 많았다.

청성파도 마찬가지로 다섯 중에 넷이 큰 부상을 입었다.

단령경이 말했다.

"이제 헤어집시다. 함께 있어 봐야 도움이 되지 않고, 우리와 함께 있는 것을 남들에게 보이는 게 청성파에도 좋지 않을 것이오."

"쿨럭. 그게 좋겠소."

복천 도장은 응급 처치를 해 겨우 피를 멈췄지만 간간이 기침을 할 때마다 조금씩 피가 샜다.

"하면 독룡은……."

단령경과 사파인들, 청성파의 복면인들이 전부 진자강을 쳐다보았다. 진자강은 아직까지 깨어나지 못하고 있었다.

편복이 말했다.

"뇌를 다쳐 기절한 모양이니 금방 깨어날 거요."

감충이 혀를 내둘렀다.

"마사불이나 금강천검과 맞섰는데 그 정도인 게 다행이지. 온몸이 피투성이가 된 것치곤 별로 다친 데도 없구만?"

복천 도장이 말했다.

"주제도 모르고 금강천검에게 대들었으니 좀 더 혼났어야 정신을 차렸을 놈인데, 별로 혼나지 않아서 오래 살긴 그른 것 같소. 일단은 우리가 데려가겠소이다."

사파인들이 피식거리며 웃었다. 진자강이 싸우는 걸 보면 언제 죽어도 이상하지 않았다. 그것을 오래 살지 못할 것 같다고 하니 웃음이 날 수밖에.

단령경이 수긍했다.

"본디 백도의 사람이니 흑도와 오래 어울리는 것도 좋지는 않을 겝니다. 그렇게 하시오."

이어 단령경이 고개를 끄덕였다.

"그럼."

복천 도장은 잠시 눈을 감았다가 뜨며 손을 들어 포권했다. 이제까지 단령경을 대한 태도와는 달리 굉장히 정중했다.

포권의 의미를 모를 단령경이 아니었다. 단령경은 외팔이었기에 가슴에 손을 올려 반장하는 것으로 인사를 대신했다.

"가자."

단령경은 사파인들을 이끌고 떠났다. 산동으로 가야 하는 긴 여정이 남았다.

소소가 편복과 함께 가다가 고개를 돌아보았다.

운정이 복면을 벗고 소소에게 멋쩍게 웃으며 손을 흔들었다. 소소도 운정을 보며 고개를 숙여 보이고는 단령경의 뒤를 따라갔다.

*   *   *

진자강은 약 냄새가 진동하는 방에서 깨어났다.

"일어나셨어요!"

진자강이 눈을 뜨자마자 운정이 대뜸 뛰어나가 밖에 대고 외친 목소리였다.

진자강은 아직 골이 울리고 전신이 욱신거렸으나 움직일 만했다.

몸을 일으켜 앉자 잠시 뒤에 복천 도장이 들어왔다.

"이틀 됐다."

복천 도장은 밭은기침을 하며 진자강의 앞에 앉았다. 복천 도장이 진자강의 붕대를 걷고 상처들을 보더니 진자강을 빤히 쳐다보았다.

작은 혈맥이 터져 실핏줄이 뿜어져 나왔던 상처들은 감쪽같이 나아 있었고, 살이 갈라지고 터진 오른팔도 꿰맨 곳이 거의 붙어서 아물어 가는 중이었다.

"겉으로 보면 내가 너보다 중병이로구나."

"돌봐 주셔서 감사합니다. 그런데 선랑은……."

옆에서 운정이 말을 거들었다.

"산동으로 돌아가셨어요. 우리는 아직 사천에 남아 있고요."

당가가 잠시 물러났고 아미파가 돌아섰으니 청성파 입장에서야 사천만큼 안전한 곳이 없었다.

진자강은 운정에게 뒷이야기를 모두 들었다. 진자강이 다소 아쉬운 듯 말했다.

"결국 제갈가의 사람들은 모두 죽었겠군요."

복천 도장이 진자강을 꾸짖듯 말했다.

"제 몸 하나 건사하지도 못하는 주제에 능력 밖의 일은 신경 쓰지 마라."

"알고 있습니다. 적어도 한두 명 정도는 살아 있었으면 차후에 도움이 되지 않았을까 생각했을 뿐입니다."

복천 도장의 눈이 가늘어졌다.

진자강이 일부러 위험을 감수하고 묘월, 백리중과의 싸움을 진흙탕으로 만든 이유를 깨달았다. 묘월과 백리중을 급하게 만들어 싸움을 유리하게 만들 셈도 있었지만 제갈가 무사들을 어떻게든 살려서 장차 백리중에게 부담을 주려 했던 것이다.

"의도는 좋았으나 무모했다. 그리고 사람을 물건이나 도구 취급하는 건 정파인으로서 할 생각이 아니다."

복천 도장이 진자강이 깨어나자마자 잔소리를 하니 운정은 옆에서 괜히 안절부절못하고 있었다.

"그래. 이제부터는 어쩔 셈이냐."

복천 도장이 물었다. 운정이 조심스럽게 끼어들었다.

"스승님, 독룡 도우는 이제 막 몸을 일으켰는데요. 그렇게 갑작스러운 질문을 하시면……."

"내가 네게 물었느냐?"

복천 도장이 노려보자 운정이 찔끔해서 입을 닫았다.

"제갈가 사람을 살리려 했다 하니 그 뒤의 생각도 있었을 것 같아서 묻는 게다."

진자강은 잠시 생각하다가 대답했다.

"해야 할 일이 있습니다."

"무엇이냐."

"처음으로 돌아가 되짚어 보려고 합니다."

진자강이 복천 도장을 보고 말했다.

"약문이 왜 독문의 공격을 받았는지, 독문은 왜 약문의 존재를 없애려 하였는지 그 이유를 알고 싶습니다."

"그게 네 복수에 도움이 되느냐?"

"저들을 알고, 나를 아는 데에 도움이 될 것 같습니다."

"말도 잘하는 걸 보니 금세 떠나도 되겠다."

운정이 눈을 동그랗게 뜨고 복천 도장을 불렀다.

"스승님!"

복천 도장이 자리를 털고 일어서더니 문을 나서며 말했다.

"하지만 여전히 멍청한 건 마찬가지다. 그 실력으로 일의 전모를 모두 밝혀낸들 뭘 할 수 있겠느냐. 실력을 키우는 게 먼저거늘. 가기 전에 한 수 가르쳐 줄 테니 몸이 낫는 대로 새벽에 나오너라."

말을 한 복천 도장이 기침을 하며 바로 나가 버렸다.

운정의 표정이 환해졌다.

"잘됐네요, 독룡 도우!"

운정이 진자강을 보며 잘됐다고 손을 잡아 주었다. 진자강은 조금 얼떨떨했지만 기분이 나쁘지 않았다.

진자강도 운정을 보며 조용히 미소 지었다.

진자강은 이번에도 살아남았다.

第二章

탈영관림(脫影觀林)

진자강은 오래 쉬지 않았다.

바로 이튿날부터 동이 트기 전에 일어나 운정의 혀를 내두르게 했다.

복천 도장이 자기도 모르게 잠이 덜 깬 운정을 보고 혀를 찼을 정도였다.

"죽을 고비를 몇 번이나 넘긴 놈이 이러고 있으니, 쯧."

운정은 졸린 눈을 비비며 헤헤거리고 웃었다.

운정의 해맑은 웃음에 복천 도장도 더 화를 내지 못하고 말았다.

진자강은 운정의 웃음에 복천 도장의 화가 풀린 것을 보며 불현듯 깨달았다.

때로는 감정적인 하소연이나 논리적인 변명이 아닌 한 번의 웃음이 사람에게 방심을 유도할 수도 있는 것이다.

진자강은 복천 도장을 따라 뒷산을 오르다가 잠깐 미소를 연습해 보았다.

운정이 졸면서 걷다가 진자강을 보고 놀랐다.

"아이, 깜짝이야!"

"네?"

"왜 갑자기 저를 죽일 듯이 그러세요? 내가 뭐 독룡 도우에게 잘못했어요?"

"아뇨. 웃어 보는 중이었습니다만."

"독룡 도우는 사람 죽일 때 가끔 그렇게 웃으시잖아요."

"……내가 그랬습니까?"

"그러니까 왜 날 보고 웃어 보고 있었냐는 거죠. 웬만하면 아무 때나 그렇게 웃지 마세요. 무섭다고요."

운정은 자기 팔에 난 소름을 보여 주었다.

"미안합니다."

당하란이 어쩌다가 진자강이 웃을 때 보기 좋다고 한 이유가 있었다. 자연스레 나오는 웃음이 아니라 억지로 웃음을 지어 보이려니 쉬운 일이 아니었다.

"하하……."

"그렇게 웃으니 좀 낫네요."

복천 도장이 앞서 걷다가 뒤를 돌아보았다.

그리고 보면 진자강에게는 운정 같은 순진무구한 모습이 없어서 오히려 인간미가 떨어진다.

어쩌면 살아남기 위해서 살아가는 자에게 그런 것까지 요구하는 것은 무리한 일일지도 모를 터였다.

*　　　*　　　*

복천 도장은 아직 허파에 뚫린 구멍이 낫지 않아 숨을 쌕쌕거리고 쉬었다. 하지만 그럼에도 불구하고 산 정상까지 오르는 동안 약한 모습은 전혀 보이지 않았다.

"운기조식을 해 봐라."

복천 도장의 말에 반발한 것은 오히려 운정이었다.

"또요?"

복천 도장이 눈을 부라렸다.

"내 늘 말하였거늘! 기본이 가장 중요하다고 했지!"

"사형제들이 저더러 토납법의 자세가 제일 좋다고 그랬는데 스승님은 할 때마다 맨날 혼내시잖아요."

"내가 네 동기냐?"

"아뇨……."

복천 도장이 진자강을 보고 눈짓했다. 해 보라는 뜻이
다.

진자강은 말없이 운기조식을 준비했다. 가부좌가 아니라
다리가 불편해서 약간 쪼그려 앉은 듯한 모양새다.

운정이 일렀다.

"스승님, 독룡 도우의 다리 자세가 틀렸어요."

"……."

"스승님, 독룡 도우의 호흡법이 틀렸어요."

그런데 복천 도장이 운정의 지적을 혼내지 않았다.

"어떻게 틀렸느냐?"

"일단 자세가 너무 불안정해서 호흡이 제대로 들이쉬어
지지 않고요, 호흡도 한 번에 너무 크고 거치네요. 호흡은
길고 가늘게 끊어지지 않도록 해야 합니다."

"그래. 하지만 그건 틀린 건 아니다. 방식이 다른 거다."

복천 도장이 진자강에게 물었다.

"제대로 배운 적이 있느냐?"

진자강이 대답했다.

"어렸을 때 백화절곡에서 기본적인 토납법을 배웠습니
다."

"한데 지금은 왜 그때 배운 대로 하지 않느냐?"

"저도 모르게 그리되었습니다."

"정확히 말해 주마. 그건 토납법으로 단전에 내공을 쌓는 조식법이 아니라 이미 주천화후(周天火候)에 가깝다."

운정이 복천 도장의 말에 설명을 덧붙였다.

"조식법은 호흡을 통해 대자연의 기를 단전에 담는 축기의 과정이고, 주천화후는 축기 중에 혹은 행공 전에 몸이 덥혀지는 것을 말합니다!"

"조식법을 하지 않으니 축기가 없는데도 화후의 조짐이 보이는 것은 네가 단전에 내공을 쌓을 수 없거나, 다른 방식으로 이미 내공을 쌓아 두었기 때문이다. 너는 대량의 호흡을 통해 체내에 쌓은 내공을 순간적으로 촉발시키는 호흡을 하고 있구나."

복천 도장은 진자강의 상태를 정확하게 파악했다.

진자강은 솔직히 수긍했다.

"팔 년간 갱도에 갇혀 있으면서 수도 없이 조식과 행공을 수련하였으나 제대로 되지 않았습니다. 하여 흔히 말하는 가늘고 긴 세장심균(細長深均)의 호흡은 하지 않은 지 오래되었습니다."

"기는 의념을 통해 움직이고 호흡을 통해 통제한다. 일반적인 방법으로 내공을 쌓을 수 없다고 해서 조식법을 게을리한다면 효과적으로 기를 다룰 수 없게 된다."

복천 도장이 말을 이었다.

"내공을 통제하지 못하니 내공이 폭주하고, 심지어 폭주를 조장하는 호흡을 하고 있으니 몸이 상하는 거다. 세맥이 상해 네 몸의 핏줄이 터지는 게 그러한 이유다. 올바른 호흡을 한다면 최대의 내공을 이끌어 내더라도 체내의 질서가 유지되어 네 몸이 덜 상하게 될 게다."

"알겠습니다."

진자강은 다시 다리를 쪼그린 듯한 자세로 호흡을 했다. 진자강은 순식간에 무아지경에 빠져든 듯했다. 엄청난 집중력이었다.

하지만 돌연 진자강이 어깨에 뭔가가 날아와 부딪쳤다. 아니 어깨에 닿기도 전부터 진자강이 몸을 비틀어 바닥을 굴렀다.

탁!

복천 도장이 내려친 나뭇가지는 진자강을 때리지 못하고 바닥을 쳤다.

복천 도장은 당연히 그럴 줄 알았다는 듯 나뭇가지를 흔들며 말했다.

"자세는 정좌가 아니라도 좋다. 하지만 언제든 뛰쳐나갈 준비로 옳은 호흡이 나올 수 있겠느냐."

진자강의 불안정한 자세는 언제라도 위협을 느끼면 바로 움직일 수 있기 위한 자세였던 것이다.

"내가 호법을 서고 있다. 마음을 편히 가져라. 지금은 누구도 널 해치지 못할 것이다."

진자강은 바로 대답을 하지 못하였다. 운정이 자리에서 일어섰다.

"정 스승님이 못 미더우시면 저도 같이 호법을……."

딱!

"넌 앉아."

"네……."

운정은 머리에 한 대를 얻어맞고 바로 앉아서 가부좌를 틀었다.

진자강은 잠시 생각하다가 눈을 감고 좀 더 몸에서 힘을 풀고 호흡에 집중했다.

잠시 뒤 갑자기 진자강이 움찔하고 몸을 움직이려 했다.

바람에 날린 나뭇잎 하나가 진자강의 코앞을 지나간 탓이었다.

"멀리서부터 날아온 나뭇잎이었다. 바로 지척만 느끼려 하지 말고 멀리 감각을 퍼뜨리며 호흡하여라. 탈영관림이라 한다. 나무의 그늘을 벗어나 숲을 보거라. 너는 대자연의 일부이다. 네 주위에 있는 모든 것이 흘러가도록 그냥 두거라. 해치지 않는 것들에 경계할 필요는 없다. 그러나 경계심을 풀지 않으면 네 안의 내공이 너를 해칠 것이다."

복천 도장이 말을 이었다.

"긴장할 때가 있으면 놓을 때도 있어야 하는 법. 당길 때가 있으면 밀 때가 있어야 하는 법. 또는 아무것도 하지 않아야 할 때도 있는 법."

진자강은 운정이 헤실거리고 웃던 모습을 떠올렸다. 아무것도 아닌 한 번의 웃음이 긴장을 해소시켰다.

탈영관림.

복천 도장이 던진 화두가 진자강의 심금에 충격을 주었다.

지금의 진자강은 눈앞의 복수만을 위해 달려왔다. 하지만 이제는 좀 더 먼 미래를 보고 복수를 완성해야 할 때가 왔다. 그러기 위해서는 보는 시야부터 넓어져야 하고, 그에 걸맞게 여유 있는 모습을 가져야 한다.

그것이 바로 탈영관림이었다.

하지만 그럼에도 불구하고 진자강이 완전히 마음을 푹 놓고 호흡에만 집중하게 되는 데에는 무려 닷새의 시간이 더 필요했다.

*　　　*　　　*

호흡법이 자리를 잡으면서 진자강은 놀랍도록 빠르게 성

장했다. 이미 갖출 것은 다 갖추고 있는 상태에서 섬세하게 다듬지 못해 앞으로 나아가지 못하던 중이었다.

호흡이 다듬어지니 복천 도장의 말처럼 체내에 질서가 점차 잡혀 갔다. 고도로 내공을 끌어 올려 충천한 상황에서도 내공의 폭주를 제어할 수 있는 힘이 생겼다.

몸이 버틸 수 있는 한계를 극복하고 한계점이 높아지면서 진자강의 그릇은 더욱 단단해지고 넓어졌다. 내공을 극대로 끌어 올려도 몸이 상하지 않게 되니 스스로가 행공하는 데에도 여유가 생겼다.

진자강은 호흡법만으로 스스로가 강해지고 있는 걸 자각했다. 끊임없이 수련하고 채찍질해 가며 몸을 혹사시키는 것보다 훨씬 더 효과가 좋았다.

앞에 가로막힌 벽을 이렇게 고통 없이 넘어설 수 있게 된 건 정말로 놀라운 일이었다.

"우물을 벗어나기 위해서는 우물을 기어오를 수 있는 근력은 물론 우물 밖의 세상을 받아들일 마음이 필요한 법이다. 너는 근력은 있었으나 마음에 여유가 없어 스스로가 얼마나 컸는지 알지 못하였다. 이제야 탈영관림하여 나무 그늘을 벗어난 게다."

복천 도장은 내색하지 않고 무뚝뚝하게 말했지만 진자강을 대견해했고, 운정은 자고 일어날 때마다 달라지는 진자강의 모습에 경악을 금치 못했다.

＊　　　＊　　　＊

진자강은 조식법으로 내공을 쌓지는 못했지만 올바른 조식법을 익히는 것으로 상당한 성취를 이루었다.

이미 오광제에 근접했다. 얼마 지나지 않아 사광제를 뛰어넘을 수 있을 것임을 진자강은 알 수 있었다.

하나 오광제의 힘을 얻더라도 여전히 천외천에 가까운 강자들과 싸우기에는 쉽지 않다.

운정의 말에 의하면 백도의 무학은 평생을 지속해야 하며 그 효과도 뒤늦게 나온다고 했다. 아무리 조급해하지 않으려 해도 수십 년이나 시간을 두고 복수행을 할 수는 없는 일이다.

결국 기연이라도 얻지 않는 이상 진자강은 자신의 독으로 모자란 부분을 채워 그들을 상대해야 한다.

진자강에게는 몸에 쌓인 탁기가 있었다. 좌반신의 탁기는 수많은 독이 집결되어 만들어진 것으로 그 양도 상당하고 위력도 만만치 않다.

운정과 단령경까지 힘을 합해서 싸워도 이길 수 없던 불사신 같은 아미파의 불살검 묘월도 탁기의 독에 당해 무력해졌고, 무암 존사를 쓰러뜨린 백리중마저도 탁기의 독을 쉽사리 벗어나지 못했다.

하지만 단점이 있었다.

온갖 독의 정수가 혼합된 탓에 효과를 예측할 수가 없다는 것.

독은 상대가 알기 전에 몸에 퍼져 중독돼야 제대로 된 효과를 낼 수 있다. 이번에는 바로바로 독이 들어 운이 좋았지만, 만일 치명적인 효과가 나기도 전에 자잘한 증상이 먼저 생기면 고수들은 즉각 대처가 가능하다.

심지어 백리중은 다리의 근육을 축소시켜서 독침이 기혈에 꽂히지 못하게 만들기도 했고, 묘월도 중독을 자각한 순간 즉시 행동을 멈추고 내공으로 독이 퍼지는 걸 막았다. 제갈손기만 진자강의 독침을 막았다 생각하고 바로 대처를 못 했기에 늦었던 것이다.

독은 은밀하게 사용되어야 하고 그러려면 확실하게 효과가 예측되어야 한다. 그래야 상대의 방심을 파고들어 중독시킬 수 있다.

아니면 상대가 중독을 알아채더라도 소용이 없을 만큼 강력하거나.

그 수단을 찾는 것이 진자강의 고민이었다.

최근 올바른 호흡법을 다잡아 가면서 진자강은 몸에 일어난 새로운 변화를 알아챘다.

조식법을 넘어서서 무심코 행공까지 넘어가면 내공의 기운이 점점 정순해지는 걸 느낄 수 있었던 것이다.

주천화후를 통해 덥혀지고, 자연스럽게 수승화강을 통해 내공이 온몸을 순환하게 되는데 이때 탁기마저도 그에 동참하여 함께 움직였다. 그러면서 행공이 끝나고 나면 우반신의 내공은 세맥으로, 좌반신의 탁기는 기혈에 원래 자리로 돌아가게 된다.

그러면서 내공이 일정 부분 소모가 이루어지고 몸에 활력이 가득해지며 땀으로 오물이 배출되었다.

내공의 절대적인 양 자체는 줄지만 본래의 순수한 내공 자체가 줄어드는 건 아니었다. 오히려 정순해진 내공은 기혈을 빠르고 안정되게 흐르며 훨씬 강한 힘을 낸다.

진자강은 거기에 착안하여 좌측의 탁기를 계속해서 행공시켜 보기로 했다. 연속적인 행공을 통해 탁기 중의 찌꺼기를 걸러내고 다듬었다.

순수한 독, 그리고 그보다 더욱 순수한 독으로 계속해서 개량해 나갔다.

짬짬이 시간이 날 때마다 주변의 산을 돌아다니며 독초를 섭취하는 것도 잊지 않았다.

운기조식으로 내공을 쌓지 못하는 진자강에게는 섭식으로 인한 독의 섭취가 중요한 내공 증진의 수단이었다.

*　　　*　　　*

복천 도장에게 기본기를 배운 지 열흘째.

진자강은 호흡법에 능숙해졌다.

길고 가늘게 숨 쉬고, 빠르게 숨 쉬고, 숨을 끊고, 대량으로 호흡하고 하는 모든 방법을 해냈다. 그러면서 내공도 눈에 띄게 증진되었다.

오광제가 손에 닿을 듯 가까이 있었다.

한데 생각보다 오광제는 손에 잡히지 않았다. 조금만 더 가면 바로 넘어설 수 있을 것 같은데 그게 이상하게도 되지 않았다.

닿을 듯 닿지 않는 오광제의 문은 마치 진자강을 약 올리는 듯하였다. 멀리 있을 때보다 가까이 있으니 오히려 더 안달이 났다.

진자강은 집중하기 위해서 복수를 떠올렸다. 모친과 외조부가 돌아가실 때의 모습을 상기했다. 자신을 위해 죽은 약왕문의 이들과 갱도에서 죽어 가던 이들을 기억했다.

따악!

진자강의 어깨에서 불이 났다.

복천 도장이 일갈했다.

"손쉬운 길을 찾아가지 마라! 살심은 스스로를 망친다는 걸 아직도 모르느냐!"

진자강은 무심코 이제껏 늘 해 왔던 방법을 했는지라 복천 도장의 꾸짖음은 매우 시기적절했다. 하나 진자강은 눈앞에 그려지는 오광제의 유혹을 견뎌 내기가 쉽지 않았다.

새벽 수련이 끝나고, 진자강은 심란한 마음으로 독초를 따러 나갔다.

"독룡 도우는 나날이 발전하는군요. 저는 이제 뒤를 쫓는 것만도 버거워요."

독초를 따러 나간 진자강을 따라오며 운정이 한 말이었다.

"매일 자신보다 훨씬 고수를 상대했기 때문일까요? 저는 아직 치열하지 못한가 봅니다. 일전에도 청성에서 큰 고수를 만나니 오금이 저려서 실력을 제대로 발휘하지 못했어요."

"고수와 생사결을 할 때에는 목숨을 반쯤 내놓았다고 생각하고 싸움에 임해야 합니다. 그러지 못하면 주눅이 들 수밖에 없지요."

"저는 아직 죽고 싶지 않아요. 이날까지 한 거라곤 매일 청성산에서 무공 수련을 하고 도경을 왼 것뿐인걸요."

"죽기 싫으니까 하는 겁니다."

"스승님께서는 내가 정신을 잃은 상태에서도 몸이 초식을 펼칠 수 있을 정도로 수련을 해야 한다고 하셨어요. 그러면 이길 수 있을까요?"

"청성파의 상승무공이라면 가능할 겁니다."

"독룡 도우는요?"

"나는……."

진자강은 제대로 된 무공을 배우지 못했고 익힌 것마저 삼류였다. 삼류 무공에는 한계가 있다. 몸에 밸 정도로 고지식하게 수련을 하면 정작 중요한 순간에 방해가 될 수도 있었다.

그래서 진자강은 늘 고수의 허점과 생각의 사각지대를 파고들려 노력했다. 주변에서 이용할 수 있는 모든 것을 이용했다. 통상적인 사고에 얽매이지 않았다.

그렇게 해서 겨우 고수들을 이길 수 있었다.

"나는 상황의 여의치 않았습니다. 운정 도사의 상황이 나보다 훨씬 나으니 스승님의 말씀을 따르는 게 나을 것 같습니다."

"아아, 스승님에게는 매일 혼만 나는 걸요. 저는 너무 게을러서 글렀습니다."

"잘될 겁니다."

"지금도 보세요. 독룡 도우는 그렇게 열심히 독초를 채집하고 있는데 나는 독룡 도우를 따라 놀러 와서 수다나 떨고 있잖아요."

운정이 말을 하다 말고 물었다.

"그런데 독룡 도우는 내공이 강해지려면 그렇게 먹어야하나 봐요? 예전에는 골라서 드시는 것 같더니 지금은 거의 눈에 보이는 대로 다 뽑아 드시네요."

진자강은 운정의 말에 문득 자신의 손에 든 풀을 확인해 보았다.

평범한 잡초다.

세상에 있는 모든 초목에 독이 있다고 해서 뭐든 도움이 되는 건 아니다. 취할 양보다 버리는 양이 더 많아서 쓸모가 없다.

문제는…… 방금 운정이 언급하기 전까지 진자강은 자신이 잡초를 씹고 있다는 걸 전혀 의식하지 못했다는 점이다.

진자강은 자신이 걸어온 뒤를 돌아보았다.

지나온 티가 날 정도로 휑했다.

독초든 독초가 아닌 것이든 가리지 않고 엄청나게 먹어 댄 모양이었다. 심지어 나무껍질까지 벗겨 내어서.

그럼에도 불구하고……

진자강은 여전히 강한 허기를 느꼈다.

'뭔가 잘못되었다!'

진자강이 운정에게 감사했다.

"고맙습니다."

"왜요?"

"하마터면 귀신에게 먹힐 뻔하였습니다."

"네?"

어리둥절한 운정을 두고 진자강은 가슴을 쓸어내렸다. 만일 혼자였더라면 의식하지 못한 채 건너오기 어려운 늪에 빠질 뻔했다.

*　　*　　*

─뇌부(雷部)에는 귀신이 갇혀 있어, 망동(妄動)이 계속되면 언젠가 귀신에 의해 일점진성(一點眞性)이 훼손되리라. 세신(洗身) 또 세신하여 세심(洗心)을 이루는 것만이 뇌부에서 귀신을 몰아낼 수 있는 유일한 길이다.

광명정사 야율환이 알려 준 구결이었다.

옥허구광 오뢰합마공에 결합된 현교의 오뢰진천공은 마공이다. 응당 마공으로 인한 부작용이 있다. 그것이 바로 뇌부의 귀신인 겁살마신(劫煞魔神)이다.

진자강이 옥허구광 오뢰합마공을 익혀 가다 보면 늦든 빠르든 언젠가 겁살마신을 만나게 될 거라고 했다. 그때가 오광제가 될 수도 육광제가 될 수도 있다. 강해지는 데에만 열중하여 힘을 추구하다 보면 겁살마신이 이성을 잠식하게 된다.

진자강은 스스로가 겁살마신에 잠식되었음을 자각했지만 여전히 허기를 느꼈다.

이것은 단순한 신체의 허기가 아니라 정신적 영역의 허기였다. 그래서 배가 고픈 것보다 훨씬 더 견디기 어려웠다.

진자강은 복천 도장에게 상의하기로 했다.

복천 도장은 진자강의 표정만 보고도 진자강의 고민을 알아챘다.

"섭식은 조식보다 접근하기 쉬운 수련이긴 하나 입과 위에 의지하는 경향이 있다. 입이 즐겁고 배가 부르면 온갖 잡생각이 들기 마련이다. 그럴 때에는 단식수행을 하여야 한다."

늘 먹어야 한다고 생각했지 굶어야 한다고 생각한 적은 없었다.

"단식으로 속을 비우면 신체는 할 일이 없어 쉬게 되고 머리는 맑아진다. 이것을 세신으로 세심한다고 말한다."

세신, 즉 몸을 씻는다는 것은 물로써 씻는 게 아니라 굶음으로써 청정해지는 걸 의미하는 것이었다!

오뢰진천공의 부작용을 청성파의 수행으로 극복하는 방법!

"그 상태에서 조식법으로 명상을 하여 보거라. 얻는 바가 있을 것이다."

진자강의 허기는 이미 상당히 진행되어 있어서 굶는다는 생각만으로도 고통스러웠다.

하지만 그것이 이미 정상적이지 않다는 걸 진자강은 자각했다.

"알겠습니다."

진자강은 즉시 모든 수련을 중지하고 동굴로 들어가 단식 수행을 시작했다.

험난한 자기와의 싸움이었다.

단 한 끼를 걸렀을 뿐인데 진자강은 바닥의 돌멩이까지 씹었다.

이빨이 우득 소리를 내며 깨지는 찰나에 겨우 정신을 차렸다. 진자강은 급히 자신의 옷을 찢어 입을 묶었다. 자칫

스스로의 팔다리를 뜯어 먹을 수도 있었다.

겁살마신의 유혹은 굉장했다.

당장 섭식을 하지 않으니 내공의 증가가 뚝 끊겼다. 오히려 절대적인 양은 확 줄었다. 이것이 과연 옳은 일일까 하는 생각이 들었다.

온갖 부정적인 마음과 불안한 생각이 진자강을 지배했다.

진자강은 너무나 불안해져서 식은땀까지 흘렸다.

그 와중에 진자강이 더 이상 흔들리지 않도록 도와준 것은 다름 아닌 조식법의 호흡이었다.

들숨과 날숨, 그리고 숨을 멈추는 지식(止息).

이 간단하고도 단순한 세 가지의 방법이 진자강을 깊은 명상으로 인도하였다.

시간이 흘러갈수록 고통은 줄어들고 정신적인 허기 또한 사라졌다. 신체의 허기가 찾아왔으나 겁살마신의 허기와는 비교도 할 수 없이 견디기 쉬웠다.

머리가 점점 맑아져 갔다.

진자강은 편안한 자세에서 계속 명상을 이어 갔다. 조식법에 이은 행공으로 우측의 순기와 좌측의 탁기를 계속해서 정순하게 만들어 갈 수 있었다.

행공뿐만이 아니었다.

진자강은 깊은 명상 속에서 자신이 알고 있는 무공을 심상으로 수련하는 것도 가능했다.

몸을 움직이지 않아도 생각만으로 수련이 되었다.

신체의 욕구와 활동이 사라져서 뇌가 오로지 사고에만 집중하며 생각의 영역이 깊어진 덕분이었다.

진자강은 조식으로 행공을 하며 심상 속에서 수많은 고수들과 싸웠다. 단월겸도와 비선십이지 등의 부족한 점을 찾아내며 보완하고 개량해 나갔다.

지금의 시간은 모든 괴로운 고민과 세상에서 벗어나 진자강이 스스로에게만 몰두할 수 있는 귀한 시간이었다.

*　　　　*　　　　*

진자강이 단식을 끝내고 나온 것은 무려 보름 만이었다.

투툭.

진자강이 움직이기 시작하자, 몸을 뒤덮고 있던 얇은 껍질들이 바삭거리며 부서졌다. 먼지와 탁기, 찌꺼기 진액들이 오랜 기간 살갗에서 쌓여 만들어진 껍질이었다.

진자강은 동굴을 막은 돌을 치우고 밖으로 나왔다.

복천 도장과 운정은 이번에도 진자강을 보고 놀랐다.

지금의 진자강은 보름 전의 진자강과는 전혀 달랐다.

진자강은 한 모금의 호흡으로 가볍게 광혈천공을 촉발시켰다. 다섯 개의 둑에서 와류충제가 일어났다.

후우욱!

순식간에 발아래에서부터 기류가 발생하여 진자강의 낡은 옷이 회오리처럼 펄럭였다.

단식의 기간 동안 진자강이 가진 내공의 절대적인 양은 반 이하로 줄었다. 그러나 훨씬 더 깊고 정순해졌다. 순도가 높아져서 보름 전보다 적은 양의 내공을 움직여도 같은 힘을 낼 수 있었다.

당연히 몸에 가는 무리도 적어졌고, 운용하는 속도까지 빨라졌음은 두말할 필요도 없었다.

"괴물 같은 놈."

그것은 보름 만에 변한 진자강을 본 복천 도장의 평이었다.

눈빛이며 표정에서 풍기는 기운만 보아도 이미 굉장한 성취를 이뤘음을 알 수 있었다.

이제 복천 도장이라 할지라도 진자강을 함부로 할 수 없다는 걸 느낄 수 있었다.

운정은 고개를 설레설레 저었다.

"뒤를 겨우 쫓는다고 말한 건 취소할게요. 이제 너무 멀리 있어 보이네요."

진자강이 복천 도장과 운정을 향해 진심 어린 포권을 해 보였다.

"덕분입니다. 감사드립니다."

"독룡 도우……."

운정이 왠지 감회에 차 코를 훌쩍이는데, 복천 도장은 무표정하게 진자강에게 작은 종이 한 장을 내밀었다.

"당가에서 나온 소식이다. 네게 전해 달라고 하더구나."

당가에서 온 소식이라면 당하란이다.

진자강은 기대 반 우려 반의 마음으로 종이를 열었다.

그러나 거기에는 단 두 글자만이 써 있을 뿐이었다.

여름[暑]

물[水]

진자강은 가만히 쪽지를 들여다보았다. 수수께끼 같은 두 글자만으로는 의미를 이해하기 어려웠다.

복천 도장이 말했다.

"우리는 그 말뜻을 알아낼 수 없었다. 우리가 알아야 할 사실이 있느냐?"

안타깝게도 진자강 역시 고개를 저어야 했다.

"죄송합니다. 저도 의미를 모르겠습니다."

"어쩔 수 없지."

진자강은 쪽지를 들여다보다가 고개를 들었다.

복천 도장이 진자강의 표정을 보고 말했다.

"표정을 보아하니 더 이상 이곳에 머물 생각이 없어 보이는구나."

진자강이 고개를 끄덕였다.

"떠나야 할 것 같습니다."

지금은 겨우 겨울이 지난 초봄이다. 여름까지, 혹은 여름이 지나기까지 반년이 채 남지 않았다. 대비를 해야 했다.

"왜 사형이 너를 마음에 들어 했는지 알겠다."

단호한 결단력.

이것은 조급한 것이 아니라 결단력에 의한 결정이다.

운정이 아쉬워했다.

"이렇게 빨리요?"

"나무를 벗어나 숲을 보러 갑니다."

탈영 관림.

그 말에 복천 도장은 더 이상 진자강을 붙잡지 않았다.

"너는 내게 적을 알고 나를 알겠다고 말했다. 하지만 자신을 아는 데에는 이미 성공했구나. 이제 적만 알면 되겠다."

운정은 시무룩했다.

그때 진자강이 미소하며 물었다.

"그 전에, 괜찮다면 음공을 배우고 싶습니다."

운정이 복천 도장을 쳐다보았다.

복천 도장은 평소처럼 무뚝뚝한 얼굴로 허락했다.

"마음대로 해라. 여기까지 와서 뭘 더 아끼겠느냐."

"이야아! 스승님, 고맙습니다!"

운정은 자기 일처럼 기뻐했다.

＊　　　＊　　　＊

진자강은 떠나기 전 마지막으로 운정과 대련했다.

아홉 보의 거리를 두고 서서 내공을 끌어 올렸다.

운정이 긴장한 안색으로 제종을 들었다. 진자강은 짧게 자른 대나무 대롱을 입에 물었다.

운정이 선공했다.

"궤마기참 제종향령!"

딸랑!

진자강은 대롱을 불었다.

삐익!

높은 소리를 내 상대의 고막 안쪽을 상처입히는 음공의 수법으로 예리하다는 뜻의 서리음(犀利音)이다.

아무것도 없는 허공에서 두 소리가 부딪쳤다.

두웅…….

보이지 않는 진동이 파문이 되어 울렸다.

"상쇄!"

운정이 연속해서 제종을 흔들었다.

딸랑, 딸랑.

이번에는 소리가 사방으로 퍼졌다. 나무와 마른 풀숲에 제종향령의 음공이 부딪치며 잎들이 파스스 떨렸다.

진자강은 귀에 집중하며 소리가 들려오는 방향을 파악하곤 고개를 돌리며 대롱을 불었다.

삐익! 삑!

허공에서 여러 번의 파문이 생겼다. 파문이 이는 곳마다 바닥의 고운 흙들이 둥글게 원을 그리며 퍼졌다.

운정이 쌍홀을 꺼내 쳤다.

"궤마기참 쌍홀박수!"

따악!

진자강이 바로 대응했지만 쌍홀박수는 제종향령보다 예리하게 파고들었다. 진자강이 내공을 실어 보낸 파장을 찢고 들어왔다. 진자강은 한쪽 귀를 막고 대롱의 반을 손가락으로 막은 채 다시 한번 소리를 냈다.

삐이이익!

아까보다 더 날카로운 쇳소리가 났다. 하지만 쌍홀박수의 연속적인 타격에 진자강의 서리음이 밀렸다.

진자강은 머릿속으로 파고든 운정의 내공에 비틀거렸다. 머리가 울리면 어지러워져서 균형을 잃고 순간적으로 자세를 유지하기가 어려워진다.

운정이 음공으로는 자신이 위라는 걸 증명하고 싶다는 듯, 한 번 더 단계를 높여 비장의 수까지 썼다.

제종을 입으로 물고 흔들며 쌍홀박수를 쳐서 두 가지 소리를 동시에 냈다.

"궤마기참! 복마제음(伏魔制音)!"

진자강은 심호흡을 하고 내공을 끌어 올렸다. 양쪽 귀의 고막이 금방이라도 터질 것처럼 응응거렸다. 내공으로 귀의 소리에 대항하면서 좌측의 선기와 우측의 탁기를 혀 아래로 당겼다.

기이하게 선기와 탁기가 동시에 어울렸다. 선기와 탁기가 얽히면서 빙글빙글 돌았다. 자연스레 음양의 상호소장이 이루어졌다.

문득 와류충제를 음공에 이용할 수 있을지 모른다는 생각이 들었다.

진자강은 상호전화로 이어지지 않도록 기운을 조절하며 선기와 탁기가 소용돌이치게 해 와류를 일으켰다. 그러곤 윗니와 아랫니로 대롱을 물고 혀끝을 구멍에 댄 채 와류에 숨을 채워 대롱을 힘껏 불었다.

끼이이이이!

소름이 끼치도록 높은 소리가 났다. 마치 원령이 울부짖는 듯한 소리였다.

"우와앗!"

운정은 물었던 제종과 쌍홀까지 떨어뜨리고 귀를 막았다. 눈의 동공이 커졌다 작아졌다 하며 이상을 호소했다. 운정은 다리가 풀려서 저도 모르게 무릎을 구부렸는데 고통 때문에 얼굴을 잔뜩 찡그렸다.

"아오오, 그렇게 무지막지하게 내공으로 몰아붙이는 게 어딨어요! 음공은 섬세한 거라고요. 머리가 아직도 울리네."

근처에 있던 복천 도장까지 찡그린 얼굴로 말했다.

"당연한 일이겠지만 음공에까지 살기가 가득하구나. 그 정도면 더 배우지 않아도 되겠다."

한가롭게 멋이나 부리자고 단소를 불거나 악기를 다루며 음공을 배우려는 게 아니었다. 구명의 일초를 위해 가장 단순하고 효과가 좋은 서리음을 익혔다.

서리음으로 상대의 정신을 빼놓고 암기를 던진다면 알아채고 피하기도 굉장히 어려울 터였다.

진자강은 다시 한번 운정과 복천 도장에게 감사했다.

이제 정말로 떠날 때가 되었다.

*　　　*　　　*

청성산에서 벌어진 일련의 사건들은 가뜩이나 불안정한 강호를 뒤흔들기에 충분했다.

산동 사파가 무림총연맹의 백호지황각을 격파한 것은 무림총연맹의 위상을 떨어뜨리기에 충분했고. 아미파와 당가 대원을 비롯한 사천 문파들이 무림총연맹의 지시를 거부하고 이탈한 것 역시 충격적인 일이었다.

사실상 사천 무림이 무림총연맹으로부터 등을 돌렸다는 뜻으로 볼 여지가 있었다.

가뜩이나 운남에서 독문을 비롯한 문파들이 대거 몰살당해 생긴 공백이 메워지지 않았고, 귀주 지부도 공격당해 사실상 귀주에 대한 지배력까지 잃은 상황.

우연찮게도 무림총연맹의 서남지구(西南地區) 통제권이 일순간에 날아가고 만 것이다.

이것은 단순한 분열을 넘어서서 주인 없는 무림총연맹의

현 상황을 극명하게 드러낸 모습이었다.

그 와중에 제갈가는 두 번이나 구궁팔괘진을 파훼당하고 전력의 상당수를 잃음으로써 최악의 상황을 맞았다. 더욱이 해를 넘기도록 독룡에게 최명부를 회수하지 못한 건 무림세가의 존립마저 위태롭게 한 실책이었다.

추락과 공백.

그것은 세력의 판도가 변할 기미를 암시했다.

이에, 그간 해월 진인의 막강한 권력 때문에 웅지(雄志)를 품고도 숨죽였던 세력들이 서서히 몸을 일으키는 신호가 되었다.

무림 문파에서는 대불(大佛)이 있는 소림사가 개입할 시기를 엿보고 있었고, 무림세가 쪽에서는 전통적으로 강호의 패자이자 검왕(劍王)을 보유한 남궁세가가 야심을 드러내려 하였다.

또한, 청성일도와 생사결을 펼친 후에 살아남은 금강천검에 대한 재평가가 이루어졌고, 묵룡과 쾌룡을 죽인 독룡이 더욱 강호의 관심을 끌었다. 독룡은 최근의 사건들에 모두 연루된 가장 핵심 인물이었다.

독을 쓰고 있어서 무공으로 후한 평가는 받지 못하지만 살상력만큼은 오래전에 후기지수를 뛰어넘었다는 평이었다.

때문에 여러 문파의 후기지수들은 패기롭게 독룡을 잡기 위한 강호행을 선언했다.

＊　　　＊　　　＊

당하란은 당가대원의 내실에서 온갖 시중을 받으며 지내고 있었다.

그러나 사실상 나갈 수 있는 건 지내는 내실과 바로 앞마당에 있는 정원뿐이라, 거의 감금된 상태에 가까웠다.

내실의 창으로 새순이 돋고 있는 정원을 바라보며 당하란은 생각에 잠겨 있었다.

'내가 하고 싶은 말은 제대로 보내졌을까?'

딸랑…….

누군가가 찾아왔음을 알리는 작은 종소리.

시녀가 가주인 이화부인 당귀옥의 방문을 알렸다.

"대고모님."

무인들이 당귀옥이 앉은 의자를 들어 방 안에 두고 나갔다.

"흘흘, 몸은 좀 어떠냐? 제법 배가 불러 오는구나."

"다행히 잘 자라고 있어요."

시녀들이 다과를 내왔다.

"네가 집으로 돌아오겠다고 했을 때, 많이들 놀랐단다. 네게 발부된 염라간도 취소되었어."

당하란은 당귀옥의 말을 순순히 수긍했다.

"아이를 지키고 싶었습니다."

"잘 생각했다. 소중한 씨앗을 지키는 것은 우리 가문의 숙원이지."

당귀옥은 예뻐 죽겠다는 듯 살짝 불러 온 당하란의 배를 바라보았다.

"남자아이라면 좋겠구나. 제 아비를 닮았으면 우리 가문에서 아주 큰 인물이 될 게다."

당하란이 물었다.

"그이는 어떻게 되었나요?"

다행히도 진자강에 대한 소식까지 차단하진 않았다. 당가는 임신한 당하란을 배려하기 위함인지 진자강의 소식을 계속해서 전해 주었다.

"청성산에서 제갈손기와 마사불을 죽이고 산동 사파와 함께 무사히 탈출했다. 네가 걱정할 만한 일은 일어나지 않았단다."

당하란은 안도했다. 진자강이 복수의 길에 들어선 이상 언제든 죽을 수 있다고 마음의 준비는 하고 있었으나, 정말로 죽는 걸 원치는 않았다.

"이제 독룡은 강호에서 누구도 무시할 수 없는 강자가 되었다. 다만 악명이 더 높으니 그게 문제겠지. 이미 여러 후기지수들이 서로 자신이 독룡을 잡겠다 나선다는구나."

당하란은 마음이 착잡해져 눈을 감았다. 그것은 진자강이 묵룡과 쾌룡을 잡을 때부터 이미 예견된 일이었다.

뒷배가 없이 단신으로 떠도는 진자강은 다른 이들이 노리기 좋은 대상이었다.

진자강을 잡는다면 한순간에 삼룡사봉의 급으로 올라설 수 있다. 한 번쯤은 목숨을 걸어 볼 만하다.

당귀옥이 웃었다.

"명성에 눈이 어두워 한탕 크게 해 보고 싶은 것이겠지. 젊은 피들은 두려움을 모르니까. 흘흘흘."

하지만 당하란의 표정이 어두워졌다.

세상은 넓고 드러나지 않은 실력자들 역시 많다. 드러난 삼룡사봉 외에도 언제고 몸을 일으킬 기회만 기다리고 있는 후기지수들은 잔뜩 있다.

특히나 세가 측의 대표로 불리는 삼룡사봉이 무너졌으니 무림 문파 쪽의 후기지수들에겐 명성을 날릴 더없이 좋은 기회다.

당하란은 심란해졌다.

당귀옥이 말했다.

"걱정할 것 없다. 사신의 심장이라고 불리는 우리 당가 대원에서도 살아 나간 아이지 않으냐. 하지만……."

당하란이 당귀옥을 돌아보았다.

"아미파가 우리와 거리를 두기 시작했구나. 아마도 그 아이와 모종의 거래가 있었던 듯해."

그것은 더욱 좋은 소식이 아니다. 아미파가 당가에 거리를 두고 있다는 건 당가를 적으로 인식한다는 뜻이다.

그리고 당가는 적을, 장차 적이 될 대상을 가만히 내버려 둘 만큼 아량이 넓은 세가가 아니다.

"대고모님!"

놀란 당하란이 당귀옥을 불렀다.

당귀옥은 천천히 고개를 저었다.

"네 할아버지의 성격을 잘 알지 않으냐? 계속해서 설득해 보고는 있으나 쉽지 않아. 게다가 이번 일로 말미암아 오라버니가 더욱 뿔이 나 버렸구나."

당하란이 흠칫했다.

당귀옥은 당하란을 포근히 바라보며 말했다.

"네가 외부로 보낸 전언은 내가 그대로 두었단다. 다만 내용상에 있어 많은 아쉬움이 있었다. 만일 그 일을 독룡이 방해하게 된다면 어떤 일이 벌어질지는 네가 더 잘 알 텐데 말이다."

당귀옥이 부드럽게 당하란을 타일렀다.

"다음부터는 전하고 싶은 게 있으면 내게 직접 말하거라. 이런 일로 자꾸 사람이 죽어 나간다면 내가 곤란하단다."

당하란의 눈이 떨렸다.

당하란은 부엌에서 일하는 작은 여자아이에게 전언을 부탁했던 것이다.

이미 그 아이는 싸늘한 주검이 되어 있음에 분명했다.

당하란은 입술을 꾹 다물고 창밖을 내다보았다.

자신도 한때는 이런 집단에 있었다. 그때는 자신이 왜 이런 잔인한 일을 하고 있었다는 걸 몰랐을까.

당하란이 더 이상 얘기하고 싶어 하지 않자, 당귀옥이 마지막 말을 남기고 무인들을 불렀다.

"아마 그 아이가 돌아올 수 있는 기회는 앞으로 한 번 정도일 뿐일 게다. 우리 서로 간에 후회할 일이 없도록 하자꾸나."

당하란은 눈까지 감아 버렸다.

마음이 동요하여 아이가 다치지 않도록.

당하란이 진자강을 위해서라도 지금 할 수 있는 건 아이를 무사히 낳는 것이었다.

하지만 진자강이 너무나 보고 싶었다.

진자강은 복천 도장, 운정과 헤어져 첫 목적지를 백화절곡으로 잡았다.

복천 도장에게 말했듯 처음으로 되돌아가 다시 알아볼 생각이었다. 어쩌면 예전에는 너무 어려서 보지 못했던 무언가가 있을 수도 있었다.

하나 백화절곡은 이미 폐허가 되고 잡초가 수북하게 자라 있었다. 쓸 만한 건 누군가 전부 가져가 버려서 아무것도 남아 있지 않았다.

지독문도, 석림방도 마찬가지였다. 타다 남은 서류 한 장 찾아낼 수 없었다.

암부도 완전한 폐허.

심지어는 가장 큰 세력을 자랑했던 독곡은 과거의 모습조차 찾아볼 수 없었다. 그 자리에는 표국이 들어와 성업 중이었다.

이쯤 되니 진자강은 오히려 더 이상하다는 생각이 들었다.

이것은 누군가가 일부러 '소거'한 것이다. 그러지 않고서야 이 정도로 아무것도 남아 있지 않을 수는 없는 것이다.

주변을 탐문한 결과, 그것은 무림총연맹의 행위가 아니었다. 망료나 당가도 아니었다.

진자강은 깊이 침잠했다.

각오는 했지만 간단한 일이 아니었다.

독문과 약문의 사이에, 또 다른 제삼자가 개입되어 있었다.

第三章
팔대가(八大家)

　무림총연맹이나 당가가 아니라고 생각한 것은 증거를 없앤 자들의 행동 때문이었다.

　대담하게도 그들은 한낮, 사람들이 뻔히 지켜보는 가운데 여러 대의 수레와 수십 명의 인부를 부려 시체와 재물을 싣고 떠났던 것이다.

　무림총연맹이라면 맹의 행사라 선전하며 자신들을 드러냈을 터였다. 당가였다면 오히려 남들이 알아채지 못하게 비밀리에 처분했을 테고 말이다.

　주변에 사는 촌민들은 그들이 누구인지도 전혀 모르고, 어디서 왔는지도 몰랐다. 진자강도 추적을 하려 해 보았으나 그들의 자취는 깨끗하게 지워져 전혀 남아 있지 않았다.

이런 식으로 일 처리가 대담하다는 건, 자강의 생각보다 그들의 배경이 대단하다는 뜻이다.

이제 가 보지 않은 곳은 철산문뿐이었다.

진자강이 철산문을 가장 끝에 둔 것은, 문주인 강규가 남긴 말 때문이었다.

강규는 자신들이 약문을 친 데 대해 이렇게 말했다.

—우리도…… 어쩔 수 없었다.

당시에 더 물었으면 좋았겠으나 그땐 이것저것 다 생각하면서 복수를 할 정도의 여유가 없었다. 오로지 죽이는 데에만 집중해도 가능할까 말까 할 때였다.

'철산문 문주는 사건의 내막을 알고 있었다. 뭔가가 남아 있다면 좋겠는데.'

하지만 제삼 세력의 일 처리를 생각해 보면 뭔가 남아 있을 가능성은 적었다.

끼이익.

진자강은 기울어진 문을 열고 들어섰다.

철산문은 반쯤 타고 반쯤은 허물어진 채 방치되어 있었다.

곳곳에 뿌려진 핏자국이 오래되어 변색된 게 보였다. 다른 독문들에서처럼 시체는 깨끗이 치워져 있어서 뼛조각도 찾아보기 힘들었다.

진자강은 계속 장원을 수색하고 다녔지만 전혀 소득이 없었다.

그런데 어느 순간, 기분이 이상해졌다.

'발자국.'

바닥에 최근에 새로 난 듯한 발자국들이 보였다.

진자강은 조식법으로 마음을 가라앉혔다. 명상의 수법으로 감각을 널리 퍼뜨렸다.

느껴졌다.

누군가 진자강을 지켜보고 있었다.

진자강은 모른 척 정원을 뒤졌다. 도움이 될 만한 건 아무것도 없었지만, 대신에 인기척이 하나둘 늘어나는 걸 느꼈다.

마침내 진자강이 한 전각에 들어갔다가 나왔을 때, 열 명의 남자들이 전각을 포위하고 몽둥이와 칼을 든 채 진자강을 맞이했다.

남자들 중 한 명이 악에 받친 모습으로 소리쳤다.

"기다리고 있으면 또 올 줄 알았다!"

남자들이 진자강을 보며 이를 갈았다.

"감히 우리 형제들을 죽이고 겁도 없이 뻔뻔하게 나타나?"

오해가 있는 것처럼 보였다.

진자강은 대꾸하지 않았다. 저렇게 악에 받쳐 있으면 진자강이 되묻는다고 제대로 대답할 리 없다.

진자강은 대답 대신 입에 짧은 대나무 대롱 조각을 넣고 물었다.

"오호라, 대답을 안 하겠다 이거지? 그래, 어디 언제까지 안 할 수 있나 보자."

"안 하면 할 수 있게 해 줘야지!"

진자강은 여전히 대답하지 않고 싸울 것처럼 자세를 낮췄다. 남자들이 바로 덤벼들었다.

"쳐!"

진자강은 몇 번 피하다가 몽둥이를 맞았다.

빡!

등을 맞고 휘청거렸다. 남자들이 칼을 치고 발길질을 했다. 죽일 생각은 없는지 칼은 깊이 들어오지 않았다. 어차피 살갗이 베이는 정도는 하루면 아문다. 진자강은 근이 상하지 않는 한도에서 칼을 맞아 주고 골이 다치지 않는 상황에서 몽둥이를 맞아 주었다.

누가 본다면 진자강은 몰매를 맞고 있어서 허우적거리는

것처럼 보일 터였다. 남자들이 진자강을 때리면서 욕을 하고, 말을 내뱉었다.

"너희 도대체 뭐 하는 놈들이야! 뭐 하는 놈들인데 간이 배 밖에 나와서 대낮에 남의 문파를 통째로 털어가?"

"어디 소속이야. 녹림이냐?"

"말해! 어디서 온 놈이냐고!"

그런데 진자강을 때리면서도 유심히 보고 있던 한 명의 표정이 이상해졌다.

진자강이 주춤거리면서 물러나며 몰매를 맞고 있는데, 그 모습이 어딘가 익숙했다. 남자가 갸웃거리면서 혼잣말을 했다.

"절름발이?"

진자강의 외모는 평범한 편이 아니다. 피부가 하얗고 맑아서 부잣집 귀공자 같은데 발을 절기 때문에 기억에 남는다.

절름발이라고 중얼거린 남자가 진자강을 자세히 보더니 놀라서 뒤로 물러나 외쳤다.

"저, 절름발이다! 우리가 찾고 있는 놈이 아냐!"

진자강이 고개를 들어 남자를 쳐다보았다. 날카로운 살기가 어린 눈이다. 그건 결코 매 맞고 있는 이의 눈빛이 아니었다.

다른 남자들은 어리둥절해했다.

그 순간 진자강이 손을 썼다. 바로 옆에 붙어 있던 남자의 옆구리를 팔꿈치로 치고 목을 잡아서 앞으로 넘겼다. 뒤에서 놀라 칼을 내려친 남자는 뒷발로 고간을 걷어찬 후 돌아서 어깨를 꺾어 칼을 떨어뜨리게 했다. 이어 어깨를 아래로 누르며 무릎으로 턱을 가격해 기절시켰다.

앞에서 몽둥이를 후려쳤다. 진자강은 탁기가 어린 왼손 팔목으로 몽둥이를 막았다. 단단한 몽둥이가 우지끈 소리를 내며 부러져 나갔다. 진자강이 아무렇지 않은 듯 남자를 노려보자 몽둥이를 후려친 남자의 눈이 휘둥그레졌다. 진자강은 남자의 목을 손끝으로 찌른 후 복부를 걷어차 제자리에 주저앉게 만들었다.

옆과 뒤에서 칼을 휘두른 남자 둘의 팔을 각각 금나수로 꺾어서 둘의 팔을 엮은 후, 둘을 동시에 들어 던졌다. 남자 둘이 엉킨 채로 바닥을 굴렀다.

남은 남자들이 주춤대자 진자강이 남자들에게 쇄도해 접근했다. 칼을 피하며 옆으로 돌아 뒷목을 때렸다. 뒷목을 맞은 남자의 눈이 순식간에 뒤집혔다. 달아나려고 몸을 돌리는 남자의 발목을 걷어차 발목이 어긋나게 만들었다. 동료들이 다치건 말건 진자강에게 칼을 내던진 남자도 있었다. 진자강은 빙빙 돌며 날아드는 칼의 날을 두 손가락으로 잡으면서 고스란히 되돌려 던졌다. 칼을 던진 남자의 허벅지에 칼이 박혔다. 진자강은 달려가서 칼의 손잡이를 밟고 뛰었다. 허벅지에 칼이 박힌 남자가 자지러지게 비명을 지르며 바닥을 굴렀다.

진자강은 남자를 뛰어넘어 뒤쪽에 있는 이를 공격했다.

"한가락 하는 놈이구나!"

뒤쪽의 남자는 이들 중 가장 무공이 뛰어난 자였다. 한때 철산파의 식객으로 지내며 철산파 문주 강규와 호형호제하던 운남 출신의 고수 흑린도(黑麟刀)다.

흑린도가 박도를 힘껏 베어 공중의 진자강을 베었다. 박도가 공기를 가르는 소리가 날카로웠다. 두꺼운 돼지를 한 칼에 자를 수 있는 정도의 힘이 담겨 있었다.

진자강은 입에 물고 있던 대롱을 불어 서리음을 쏘아 냈다.

삐익!

박도를 휘두르던 흑린도의 왼쪽 동공이 축소됐다. 왼쪽 귀로 서리음이 파고들었으니 어깨가 움츠러들고 골이 흔들렸을 것이다. 박도의 힘이 약해졌다. 진자강은 왼손 장으로 박도의 등을 내려쳤다.

떠엉!

흑린도는 박도를 놓지 않았지만 팔이 꺾이며 박도 끝이

땅에 박혔다. 진자강은 우측 선기를 오른손에 집중해 흑린도의 명치를 주먹으로 쳤다. 흑린도가 왼손의 팔뚝을 가슴 앞에 두어 진자강의 주먹을 막았다.

오광제에서 뿜어진 진자강의 날카로운 우측 선기는 흑린도의 반탄력까지 부수며 들어갔다.

펑!

흑린도는 박도까지 놓치고 피를 뿜으며 나가떨어졌다. 약관도 되지 않은 애송이에게 일초 만에 나가떨어졌다는 걸 믿지 못하는 눈빛이었다.

진자강이 절름발이라는 걸 처음 말한 남자는 몸을 떨었다.

흑린도는 강규와 실력이 비슷한 고수다. 그런 흑린도가 일초 만에 피를 뿜고 칼을 놓쳤으니 더 이상 보나 마나다. 남자는 등 뒤에서 작은 철산을 꺼내 진자강을 향해 겨누었다.

핏!

철산에서 쏘아진 독침이 진자강에게 날아들었다. 진자강은 독침을 피할 수도 있었으나 팔뚝으로 막았다. 팔뚝에 독침이 박혔다.

진자강이 기분 나쁜 표정으로 팔뚝에 박힌 침을 뽑아냈다.

"파절침. 언제 봐도 역겹군요."

남자는 진자강이 파절침을 맞고도 아무렇지 않자 안색이 변해서 오들오들 떨다가 등을 돌리고 달아났다.

딸깍.

진자강이 탈혼사의 고리를 떼어 내 던졌다. 남자의 목에 탈혼사가 감겼다.

"컥!"

남자는 목을 붙들고 멈춰 섰다. 가느다란 탈혼사가 살을 파고들어서 벗겨 낼 수가 없었다. 흑린도를 쓰러뜨린 실력이면 자신의 목을 잘라 내는 것도 순식간일 것이다.

진자강이 탈혼사를 걸고 있는 남자를 보고 말했다.

"기억났습니다. 내가 철산문을 처음 찾아왔을 때, 정문을 지키고 있었지요."

남자는 완전히 기가 질렸다. 그러나 거짓말을 했다.

"모, 모릅니다. 저는 모릅니다."

"사람은 많습니다."

진자강이 탈혼사에 힘을 주었다.

남자는 목이 졸려서 오줌을 지렸다. 진자강은 남자들을 하나도 놓치지 않고 전부 제압했다. 인질이 필요하지 않다면 남자를 죽일 것이다.

"마, 맞습니다! 정문에 있던 게 저 맞습니다!"

"그럼 아까 한 얘기는 뭡니까. 문파를 털어 가고 형제를 죽였다는 얘기."

진자강이 정확하게 짚고 나오니 대답하지 않을 수 없었다.

남자는 얼굴이 벌게진 채 목을 붙들고 꾸역꾸역 말했다.

원래 남자는 철산문의 정문을 지키던 무사였다. 그때 진자강에게 당하여 집에서 쉬고 있던 덕에 망료가 철산문을 찾아왔을 때 횡액을 면했다.

철산문이 멸문당했다는 얘기를 듣자 남자도 처음엔 겁에 질렸으나, 철산문 안에 있는 재물이 탐이 났다. 하여 남자는 동네 건달들을 모아 온갖 돈이 될 만한 물건을 찾아 싣고 나왔다.

그런데 이후에 처음 보는 자들이 나타나 철산문에서 가져 나간 물건들을 수소문하며 찾기 시작했다. 하나 건달들은 일찌감치 장물을 처리해 버린 상태였고, 그들은 여기저기로 퍼져 나간 철산문의 물건을 찾을 수 없게 되었다.

와중에 건달들 중 몇 명이 심한 고문을 받아 죽고 말았다.

이에 남자는 철산문의 강규와 의형제인 흑린도를 설득해 그들을 찾아 복수할 생각을 하게 되었다. 그러다가 일당 중 한 명이 진자강이 철산문으로 들어가는 걸 보고 연락을 해 모인 것이다.

진자강은 남자의 얘기를 들은 후, 물었다.

"그럼 그들이 누구인지는 모르겠군요?"

"정말 모릅니다. 알면 귀, 귀하를 공격했겠습니까? 우린 그들이 녹림이라고 생각했습니다."

그들이 다른 데와 달리 철산문에서 실수를 한 것은, 이곳을 진자강이 아니라 망료가 친 탓이다. 철산문이 멸문했다는 걸 너무 늦게 알았을 가능성이 컸다.

"기억나는 인상, 옷차림새, 무공은?"

"평범했습니다. 고수는 하나 있었지만 나머지는 평범한 실력의 표사 수준이었습니다. 그래서 할 만하다 생각하고, 큭……."

진자강은 그 얘기에 오히려 더 긴장이 되었다.

치밀한 자들이다. 뒤를 밟히면 언제든 꼬리를 떼어 버릴 수 있도록 고수를 제외한 나머지를 평범한 자들로 채운 것이다. 심하게 생각하자면 전후 사정을 모르는 인부를 고용해 썼다가 나중에 제거했을 수도 있었다.

'그만큼 중요한 증거가 있었다는 건가?'

진자강은 다시 생각했다. 철산문에서 이들이 훔쳐 나온 재물 중에 그 증거가 섞여 있는지도 모른다.

하지만 이미 장물아비를 통해 처분한 재물을 찾는 게 쉬운 일일 리 없다. 그들이 찾아내지 못했다면 진자강이라고 쉽겠는가.

남자가 떨면서 물었다.

"귀, 귀하가…… 독룡입니까?"

"그렇습니다."

진자강이 그간 해 온 일을 퍼뜩 깨달은 남자가 애원했다.

"사, 살려 주십시오."

진자강이 싸늘하게 대답했다.

"내가 누군지 안다면 살려 달라는 건 소용없는 말임을 알 텐데요."

남자가 비명처럼 소리를 질렀다.

"물어보는 걸 전부 대답해 줬는데 왜……!"

"그 점은 고맙게 생각하고 있습니다."

진자강은 어금니를 꽉 물고 탈혼사에 내공을 넣어 당겼다. 탈혼사가 남자의 몸을 통과해 당겨졌다.

툭.

목과 손가락이 잘려 나가 바닥을 굴렀다.

흑린도가 울컥 피를 토하며 진자강을 쳐다보았다.

"우릴 전부 죽일 셈이냐?"

진자강이 물었다.

"십 년 전, 독문과 약문의 혈사에 가담한 적이 있습니까?"

흑린도가 비릿하게 웃었다.

"했지. 약문 놈들의 피로 목욕을 했지. 내 생전에 그때만큼 신난 적은 없었다."

"철산문 문주는 독문이 약문을 친 게 어쩔 수 없는 일이었다고 했습니다. 거기에 대해 아는 바가 있습니까?"

"없다. 그런 일은 강호에서 비일비재한 일이다. 강자는 살고 약자는 죽는다. 철산문은 운남 변방의 문파인데 무슨 힘이 있었겠느냐. 살고 싶으면 시키는 대로 했어야겠지."

"누가 시켰습니까?"

흑린도가 피가 섞인 침을 뱉으며 욕했다.

"지옥에나 가서 알아봐라, 살인마 놈아. 내 의형을 죽인 놈에게 한마디라도 할 것 같으냐?"

"의형이 누굽니까."

"철산문 문주."

진자강은 흑린도에게 걸어갔다.

"그를 사주한 세력이 어디인지는 모르는군요?"

"헛고생하지 마라. 손가락을 뽑고 발을 저며도 내 입에서는 한마디도 들을 수 없을 것이다."

"누군지 알면 그 실력으로 여기서 기다릴 수 없었을 겁니다."

흑린도가 얼굴을 일그러뜨렸다.

"나를 우습게 보지 마라. 내가 누군지 알고!"

진자강이 흑린도를 똑바로 보고 말했다.

"다시 한번 말하지만 당신은 누구인지 알아도 복수할 수 없습니다. 당신은 이곳에서 살아 나가지 못합니다."

진자강의 섬뜩한 말에 흑린도의 얼굴이 일그러질 대로 일그러졌다.

"그래서, 어쩌란 말이냐?"

"이용당하고 버려진 것이 억울하다면 내가 뒤를 잇겠습니다."

흑린도는 내공을 끌어 올리며 일갈했다.

"개수작하지 마라—!"

흑린도가 박힌 박도를 뽑아 진자강을 향해 내질렀다.

"죽어!"

흑린도의 박도에서 도기가 뿜어져 나왔다.

진자강이 광혈천공으로 일으킨 내공을 다섯 개의 둑에 쌓아 와류충제를 만들었다.

옥허구광 오뢰합마공 오광제.

여의선랑 단령경에 거의 근접한 내공이다.

분수전탄!

엄지에서 쏘아진 지풍이 사각에서 박도의 옆면을 때렸다.

따앙!

박도의 도기가 깨지고 가운데에 구멍이 뚫리며 박도가 마구 진동했다. 흑린도의 손아귀가 찢어졌다. 흑인도는 박도를 놓고 주먹을 뻗었다.

진자강은 흑린도의 주먹을 손등으로 받았다. 사천에서 강호 전체를 통틀어 손꼽는 고수들과 금나수로 싸운 진자강이다. 그 경험은 결코 무시할 수 없었다. 진자강은 첨련 점수로 흑린도의 주먹을 받아 그대로 튕겨 냈다.

흑린도의 상체가 젖혀지며 휘청거렸다.

"으윽!"

진자강이 흑린도의 열린 가슴을 왼손으로 찍었다.

포롱쇄(捕龍碎).

포롱박을 진자강의 싸움 방식에 맞게 개량한 수공이다.

우직!

진자강의 왼손 다섯 손가락이 흑린도의 가슴에 박혔다. 살을 뚫고 뼈를 부쉈다. 흑린도의 움직임이 멈췄다. 흑린도는 자신의 심장에 진자강의 손가락이 박힌 걸 느낄 수 있었다.

진자강이 말했다.

"당신은 철산문 문주의 복수를 위해 여기까지 나왔지만, 정작 철산문을 이용한 자들은 복수를 해 주지 않고 버렸습니다. 그들이 복수하고자 했다면 내가 살아 있을 리 없었겠지요."

"그래서 복수를 네가 해 주겠다고? 네가 원수인데 자기 자신에게 복수를 한단 말이냐?"

흑린도는 어이가 없어 웃다가 입에서 피를 흘렸다.

진자강은 고개를 저었다.

"내가 아닙니다. 나는 나와 나의 문파와 운남 약문의 복수를 하러 왔습니다. 당신의 복수는 해 줄 수 없지만, 운남 독문과 철산문을 이용한 자들에게 대가는 치르게 해 주겠습니다."

"운남을 이용한 놈들이라고. 큭큭큭. 이제 와서 운남 출신인 것으로 설득하는 거냐?"

흑린도가 욕을 내뱉었다.

"미친 새끼."

"결정하십시오."

잠깐 침묵하며 진자강을 노려보던 흑린도가 말했다.

"네 말이 맞다. 네놈도 이기지 못한 내가 그자들에게 복수할 수 있을 리가 없다."

진자강은 묵묵히 말을 들었다. 흑린도가 말을 이었다.

"나는 그자들이 누군지 모른다. 그러나 장물은 구북촌의 오 노인을 통해 팔려 나갔다."

"오 노인."

"놈들은 그 사실을 모른다. 그러니 뒤는 네가 알아서 해라."

흑린도가 뒤로 힘껏 몸을 뺐다. 가슴에 뚫린 다섯 개의 구멍에서 피가 뿜어져 나왔다.

털썩, 무릎을 꿇은 흑린도가 비릿하게 웃었다.

"묵룡과 쾌룡을 죽였다더니…… 운남에서 용이 나왔군."

흑린도는 곧 앞으로 엎어져 죽었다.

진자강은 떨고 있는 나머지 남자들을 돌아보았으나 그들을 그대로 둔 채 철산문의 장원을 나갔다. 철산문의 무사들이 아니라면 죽일 이유가 없었다.

구북촌은 이곳에서 하루의 거리다.

*　　　*　　　*

구북촌이 큰 마을은 아니었다. 그러나 커다란 물길을 끼고 있어 사방팔방으로 통할 수 있는 지형이었다. 때마다 큰 장이 열려 배를 타고 사람들이 모여들었다.

아마도 장물 역시 장이 열리는 날에 처리되었을 가능성이 높았다.

진자강이 구북촌에 도착했을 때에는 장이 열리지 않았다.

진자강은 돌아다니면서 오 노인을 수소문했다.

그러나 마을 사람들은 친절하게 응대하다가도 오 노인의 얘기만 나오면 입을 다물었다.

한데 길을 지나가는 도중 갑자기 길옆에서 누군가가 혼 잣말처럼 말을 했다.

"독룡이 왜 나를 찾지?"

진자강이 걸음을 멈추고 돌아보니 한 노인이 담 아래 앉 아서 느긋하게 곰방대를 물고 진자강을 쳐다보는 중이었 다. 진자강이 노인을 보고 말했다.

"네 번째로 보는군요. 귀하가 오 노인입니까?"

작은 체구에 평범하게 생긴 시골 노인이었다. 눈빛도 탁 하고 이도 빠져서 듬성듬성했다.

"네 번째? 그걸 다 보고 있었다고?"

"마을에 처음 들어왔을 때 다관에 앉아서, 내가 장터를 둘러볼 때 부둣가에서, 곰보 얼굴의 아주머니에게 길을 물 을 때 뒤에서, 그리고 이곳 골목으로 들어올 때 옆집 마루 에서."

"호오."

노인이 감탄하며 눈을 빛냈다.

"독룡의 소문은 거짓이 아니었군. 맞아. 내가 오태다. 남 들이 오 노사라고들 부르지. 편한 대로 불러라."

"철산문에서 나온 장물을 찾고 있습니다."

오태의 표정이 살짝 굳었다. 곰방대를 탁탁 털고 다시 연 초를 채워 넣으며 불을 붙였다.

후욱.

연기를 뿜어내며 오태가 말했다.

"그렇잖아도 요상한 놈들이 돌아다니며 망한 독문의 물건을 수거해 갔다는 얘기는 들었다. 그들이 누군지 아느냐?"

"모릅니다."

"이곳 놈들은 아닐 거야. 이곳을 찾아온 놈들이 없거든."

오태가 누런 이를 드러내며 히죽 웃었다.

"구북이 뭐 하는 곳이냐면, 운남 최대의 흑시(黑市)야."

"흑시……"

온갖 거래가 이루어지는 뒷골목의 시장이다. 인육부터 해서 장물까지, 불법적인 모든 것들의 거래가 이루어진다.

구북촌이 그런 역할을 하는 흑시였던 것이다.

"돈이 몰리면 사람이 몰리고, 사람이 몰리면 상품이 모이지. 이곳에서는 장이 서는 날에만 영업하는 기루가 있고, 도박장들이 있다. 운남의 곳곳에서 나오는 장물도 그때 처리되지."

"그렇군요. 상세히 말씀해 주어 감사합니다."

"뭘. 말 안 해 줬다가 무슨 꼴을 당하라고."

오태가 다시 히죽 웃었다.

"내 독간연(毒矸烟)을 맡고도 멀쩡한데 그럼 우리가 무슨 수로 독룡을 당해 낼까."

오태의 곰방대에서 흘러나온 연기에는 독이 섞여 있었다. 향긋한 연초 냄새지만 그 안에 마비독이 섞였다.

물론 진자강에게는 통하지 않는다. 진자강은 진작부터 독연임을 알고 있었지만 어차피 큰 영향이 없기에 그대로 내버려 두고 있던 중이었다.

오태는 쇠로 만든 갑에 독연초를 탁탁 털어서 밀봉했다.

"독룡이 온다는 얘기만 듣고도 여기 젊은 것들이 벌써 태반은 겁을 먹었거든. 자네는 잘 모르는 모양인데, 자네 명성이 자자해."

"악명 아닙니까?"

"물론 악명이지. 자네가 무슨 좋은 일을 했다고 협객 소리를 듣길 원하나?"

오태가 어이없다는 듯 핀잔을 주었다.

진자강은 계속해서 자신보다 강한 상대만 만났기에 직접 명성을 느낄 기회가 없었다. 하지만 실제로 강호에서 독룡은 거의 죽음의 사자와도 같은 이름이었다.

운남의 오대 독문을 휩쓸고 사천에서 당가의 심장부에 불을 질렀으며 제갈가의 최명부를 최초로 파훼했다. 게다가 세가의 후기지수인 삼룡사봉 중에 셋을 죽였다.

이름이 나지 않으려야 않을 수가 없는 상황이었던 것이다.

"하지만 소문과 달리 경우는 있는 친구 같군. 따라와."

오태는 구부정하게 굽은 허리에 뒷짐을 지고 앞서 걸었다. 진자강은 오태를 따라 허름한 건물로 들어갔다. 겉은 허름한 삼 층 전각이라 금방이라도 무너지지 않을까 했는데 안쪽은 의외로 깔끔했다.

"여기가 내 영업장이지."

안쪽에 인상이 험악해 보이는 청년 몇이 있었는데 진자강을 바라보는 눈빛에 잔뜩 경계가 어려 있었다.

오태가 발을 탁탁 굴렀다.

"겁쟁이 놈들 같으니. 어서 움직여 판이나 깔아."

청년들이 분주하게 움직여서 탁자와 의자를 가져다 놓았다. 오태가 한쪽에 앉고 진자강에게 반대쪽을 권했다. 진자강이 마주 앉았다.

"철산문의 장물이 어디로 갔는지 알고 싶다 했지?"

"그렇습니다."

"그냥은 말해 줄 수 없고."

"하지만 나는 도박을 할 줄 모릅니다."

"괜찮아. 아주 간단한 그림 맞히기니까."

"알겠습니다. 뭘 원하십니까?"

"거래를 해 보자고. 싫으면 여기 있는 놈들, 나를 포함해서 다 죽이고 나가도 돼."

"그런 일은 없을 겁니다. 아마도."

오태가 픽 웃으며 앞에 패를 깔았다.

상아로 만들어진 네모난 패인데 오래 사용한 듯 손때가 바래 있었다. 패의 등 쪽은 붉은색이고 안쪽은 하얀색이었다. 하얀 쪽에는 새와 꽃, 곤충, 산, 나무를 비롯한 여러 가지 그림들이 초서체처럼 그려져 있었다.

"패의 그림을 잘 봐 두게."

오태가 여러 가지 그림이 그려진 패 중에서 네 개의 패를 추렸다. 패를 뒤집어서 패의 모양을 보여 주었다.

꽃, 물고기, 새, 사슴.

오태는 모양을 보여 준 뒤 패를 뒤집어서 가렸다. 그리고 손으로 섞기 시작했다.

"규칙은 간단해. 세 번 패를 섞는 동안 내가 무엇을 뒤집을지 맞히면 되는 거야. 그러면 자네가 이기는 거고, 장물이 어떻게 처분되었는지도 알려 주지."

"내가 진다면 무엇을 하면 됩니까?"

"그냥 그대로 가면 돼. 아무 일도 없던 것처럼 그대로 여기서 나가는 거야. 어때? 지킬 수 있겠나? 물론 그렇게 하지 않는다 해도 자네를 막을 수 있는 자는 없어. 하지만 장물의 행방은 영영 알아낼 수 없게 될 게야."

진자강이 고개를 끄덕여 수긍했다.

"해 보죠."

"자, 잘 보고 있게. 패를 섞은 후에 하나를 뒤집겠네."

오태가 이리저리 섞다가 패를 하나 뒤집었다.

새 모양이었다.

"나머지를 맞혀 보겠나?"

진자강은 나머지 세 패를 가리키며 말했다.

"순서대로, 물고기, 사슴, 꽃."

오태가 패를 뒤집었다. 진자강이 말한 그대로 나왔다.

"호오. 역시 눈썰미가 있군."

오태는 패를 다시 뒤집어 섞었다.

오태가 이번에는 새와 물고기 패를 뒤집었다.

진자강이 나머지 두 개를 맞혔다.

"순서대로, 꽃, 사슴입니다."

오태가 나머지 두 개의 패를 열어 확인해 주었다.

"호오, 대단하군. 다 맞혔어. 그럼 마지막 한 번이로군."

오태는 패를 섞다가 천천히 하나씩의 패를 뒤집었다. 그
런데 무려 세 개의 패를 열었다.

물고기, 새, 꽃이었다.

그리고 뒤집지 않은 하나의 패를 가리켰다. 당연히 사슴

그림일 수밖에 없다. 진자강은 오태를 쳐다보았다. 무슨 의미인가 싶었다. 오태는 빙글빙글 웃고 있었다.

"자, 맞혀 봐."

"사슴입니다."

오태가 웃으며 패를 뒤집었다. 잠자리 한 마리가 그려져 있었다.

진자강은 자신의 눈을 믿을 수가 없었다. 손이 재빠른 것도 아니고 빨리 섞거나 속임수를 쓴 것 같지도 않았다.

"대부분의 무림인들은 안력을 돋우면 어떤 속임수도 파악할 수 있을 거라고 생각하지."

오태가 웃고 있던 표정을 지우고 사나운 표정으로 돌변하며 입술을 이죽거렸다.

"틀렸으니까 약속대로 꺼져."

진자강은 움직이지 않고 빤히 오태를 바라보았다.

전혀 무공을 배우지 않았을 것 같던 오태의 몸에서 내공이 느껴졌다.

오태가 내공을 끌어 올리면서 기세가 돌변했다. 평범한 시골 촌부 같던 흐리멍덩한 눈에서 누런 눈물이 흘러내리기 시작했다. 그러면서 눈이 점점 맑아지기 시작했다.

애초에 황토물로 눈을 물들여서 흐리멍덩하게 보이도록 만들었던 것이다. 오태에게서 느껴지는 내공은 운남에서 만난 고수들 그 이하가 결코 아니었다. 오히려 흑린도보다도 윗줄로 보였다.

오태가 섬뜩하도록 날카로운 눈빛으로 진자강을 노려보며 말했다.

"이봐, 독룡. 아직 꺼질 생각이 없나? 꺼지지 않으면 할 일이라곤 피를 보는 것, 하나밖에 없을 텐데?"

아까와는 느낌이 딴 판이었다.

진자강은 잠시 오태를 더 바라보다가 자리에서 일어섰다.

"흑시는 언제 열립니까?"

"알아서 뭣하게?"

"흑시에 왜 찾아오겠습니까. 무엇이든 거래가 되는 곳 아닙니까."

오태는 진자강을 노려보며 대답했다.

"삼 일 후."

"알겠습니다."

오태의 밑에서 일하는 도박장 청년들이 길을 열어 주었다.

진자강은 더 가타부타 말을 않고 도박장을 떠났다.

오태는 진자강을 쫓아 보냈으면서도 별로 기분 좋은 표정은 아니었다. 인상을 찡그리고 중얼거렸다.

"제기랄, 아무래도 귀찮은 놈이 찾아온 것 같군. 이 정도면 소문이 모자란 감이 있잖아."

도박장의 청년들이 의아해했다.

"왜…… 그러십니까?"

"애초에 당장 결판을 낼 심산으로 온 게 아냐. 와서 미리 분위기를 보려 한 거야."

"네?"

"그러니까 순순히 물러난 거지. 다음에 올 땐 빈손으로 오지 않을 거다."

오태는 콧김을 뿜어냈다.

"제대로 거래할 준비를 해 둬야겠군. 간만에 진짜배기를 만나게 되겠어."

*　　　*　　　*

진자강은 마을을 떠나지 않고 허름한 객잔에 묵었다.

흑시는 정보가 생명이다. 진자강의 정체가 이미 알려졌는지 객잔 주인은 공손히 방을 내주었다.

"가끔은, 이름이 알려졌다는 것도 좋구나."

그래서 사람들이 그렇게 명성에 목을 매고 사는지도 몰랐다.

진자강은 씻고 간단히 요기를 한 후, 생각에 잠겼다.

오태는 진자강이 이제껏 만난 사람 중 가장 심리에 뛰어난 자였다.

구북촌에 오기 전 어느 정도 알아보고 왔는데도 이렇게 제대로 한 방을 먹기는 처음이었다.

특히나 패를 뒤바꾼 마지막 수법은 정말로 진자강의 허를 찌른 수법이었다.

패 네 개 중에 세 개를 열고, 남은 하나를 맞히라고 할 줄은 어찌 알았겠는가!

그때, 진자강은 무심코 오태를 쳐다보았다. 이런 어이없는 문제를 왜 내는지 의도가 궁금해서 오태의 얼굴을 살폈던 것이다.

아마도 그때 오태는 패를 바꿨을 터였다. 오태가 웃는 걸 보고 진자강은 아차 싶었지만 이미 늦었다.

짧은 시간이었지만 오태의 손 기술로 패를 몇 번이고 바꿀 수 있는 때였다.

신선한 경험이었다.

무공이 약했을 때엔 진자강이 강한 상대들을 대상으로 머리를 썼다. 그럴 수밖에 없었으니까.

그런데 이제 진자강이 강해지니 상대하는 이들이 진자강의 입장이 되어 머리를 쓰고 있었다.

"더 치밀하게, 더 생각하고 고민해야 한다."

이제 진자강에게는 무공이라는 한 가지의 패가 더 생겼다. 이 무공에 상대의 허를 찌르는 수법까지 더한다면 진자강은 지금보다도 훨씬 더 강해질 것이다.

"우선은 삼 일 후의 흑시를 목표로."

진자강은 가벼운 차림으로 다시 객잔을 나섰다.

오는 길에 여러 가지 재밌는 풀들을 봐 두었다. 아마도 다음번 흑시에 그 풀들이 도움이 될 것이다.

*   *   *

삼 일 후, 장이 열렸다.

낮에는 평범한 장이었다. 생필품을 비롯해 여러 수공업품이나 약초, 사냥한 동물의 고기와 가죽 등이 나왔다.

그러나 그 낮의 장이 끝나면 자정부터 전혀 다른 면의 흑시로 변한다.

낮의 밝은 표정을 한 장사치들이 아니라 온갖 삶의 풍파를 겪은 얼굴들이 깃발 하나씩을 들고 나와 서 있다. 상처가 잔뜩 있는 이들도 있고 얼굴을 가린 이도 있었다.

흑시에서 대놓고 거래되는 물건은 하나도 없다. 깃발에 쓰인 글자를 보고 서로가 필요한 내용을 협상해 거래한다.

벨 예(乂) 자는 사람을 죽이거나 하는 등의 청부를 받는 다는 의미다.

베 포(布) 자는 돈을 뜻한다. 장물이나 물건 등을 팔겠다는 의미다.

사람 인(人) 자는 인력, 혹은 말 그대로 사람을 판다는 뜻이다. 인육도 포함되어 있어서 살인 청부와는 다른 의미가 된다.

목이(目耳)는 앉은 채로 먼 곳의 일을 보고 듣는다는 뜻의 장목비이(長目飛耳)에서 나온 말로, 원하는 정보를 알아다 주거나 사람 찾는 일을 한다는 의미다.

그 글자들이 쓰인 깃발을 거꾸로 들면 반대로 그런 일을 구한다는 뜻이 된다.

진자강은 흑시가 열린 길을 지나 예전에 오태를 만났던 도박장으로 향했다. 도박장은 지난번과 달리 벌써 판이 벌어졌는지 온갖 고함과 환호 소리에 여자들의 교태 어린 목소리까지 더해져 시끌벅적했다.

입구에서 진자강보다 머리 세 개는 더 큰 장대한 체구의 거한이 진자강을 가로막았다.

진자강이 거한을 빤히 올려다보았다. 거한이 흠칫했지만 곧 인상을 쓰며 말했다.

"도박장을 들어가려면 걸 만한 것이 있는지 내보이는 게 순서지."

거한이 옆을 가리켰다. 도박장에 들어가는 입구 옆에 나이 든 서생이 돈과 돈 대신 사용할 전표를 간이 탁자에 잔뜩 쌓아 놓고 있었다.

"안에서는 돈 대신 전표를 쓴다. 바꿔 갈 만한 게 있으면 전표로 바꿔 가."

진자강은 품에서 깃발을 꺼냈다.

사람 인(人) 자다.

그것을 거꾸로 들어 보였다.

"이 정도면 되겠습니까? 아니면……."

벨 예(乂) 자의 깃발을 가리켰다.

"어느 쪽인지 모르겠지만, 그렇습니다."

서생이 진자강을 위아래로 빠르게 훑었다. 그러더니 만 냥의 전표를 끊어 주었다.

서생이 듬성듬성한 이를 내보이며 웃었다.

"제갈가에서 자네 목에 걸 현상금의 액수지."

목에 건, 이 아니라 목에 걸, 이라고 했다.

"여기 수결해."

서생이 장부를 내밀었다.

진자강, 독룡이 전장(錢莊)에서 만 삼천 냥을 빌렸다는 내용이 기재되어 있었다.

진자강은 전표를 보았다. 조악한 전표다. 그러나 전표는 조악할지언정 실제의 전장에서 쓰는 전표다. 만일 갚지 않으면 관에서 나설 수도 있고 감옥에 가게 될 수도 있다.

"이자가 삼 할입니까."

"우리도 먹고살아야지. 다른 데보다는 싼 거야. 널 사겠다는 사람이 사람이 생기면 그자가 우리에게 그 금액을 지불하게 될 게야. 물론 그 전에 네가 도박장에서 돈을 다 잃으면 네가 우리에게 갚아야 할 금액이 되겠지."

"알겠습니다."

그제야 거한이 옆으로 비켜 주었다. 진자강은 문을 열고 도박장 안으로 들어섰다.

얼핏 백 명도 넘는 사람들이 도박을 즐기고 있었다.

활기차고 시끄러운 소리들이 진자강을 맞이했다.

알싸한 주향(酒香), 긴장과 고성으로 얼룩진 땀 냄새, 반쯤 헐벗은 여인들의 몸에서 풍기는 사향 냄새.

이러면 독을 써도 알기가 어려울 것이다.

*　　*　　*

진자강이 도박장 안으로 들어서는 건 오태도 보고 있었다.

청년들이 오태의 명령을 기다렸다.

"일단 내버려 둬."

오태는 진자강이 하는 모습을 가만히 지켜보기로 했다.

진자강은 도박장 안을 둘러보다가 가장 쉬워 보이는 도박판에 가 구경했다.

뼈를 네모난 형태로 가공해 점을 찍고 색을 채워 넣은 골패(骨牌)로 하는 도박이다. 골패에는 한 개부터 열 개까지의 점이 새겨져 있는데, 다섯 개씩 나눠 가진다.

그리고 누구든 상대의 패에서 하나씩을 가져간다.

그렇게 정해진 몇 차례의 순번을 돈 후, 최종적으로 자신 앞에 세 개의 골패만 남긴 후 골패를 뒤집어 나온 점의 숫자를 더해 가장 많은 수가 나오는 사람이 이기는 것이다.

한 판에 네 명까지 할 수 있는데, 한 명이 판을 맡은 도박장의 패주(牌主)이고 나머지 세 명은 도박장의 손님이다. 나온 숫자가 같은 경우 패주가 이긴다.

진자강은 도박에 대한 설명을 들은 후 판에 끼었다.

"저는 도박을 잘 모르니까, 한 판만 하고 가겠습니다."

진자강이 만 냥짜리 전표를 내밀었다.

패주와 손님 둘이 진자강을 쳐다보았다. 얼굴이 하얘졌다.

실제의 만 냥이다. 일반인은 평생을 노역해도 벌 수 없는 돈이다.

이 정도 금액이면 어지간한 중소 상단에서도 감당하기 어려운 것이다.

손님 둘이 인상을 쓰며 일어섰다.

"몇십 냥짜리 판에 만 냥이라니."

"판을 깨려고 작정을 했군."

진자강이 패주에게 물었다.

"안 됩니까?"

패주가 뒤를 돌아보았다. 이 층에서 내려다보고 있던 오태가 고개를 끄덕였다.

패주가 대답했다.

"상관없소이다."

진자강이 만 냥을 한 판에 걸었다는 얘기가 주변에 퍼졌다. 도박을 하던 사람들이 진자강을 주목했다. 진자강이 만 냥짜리 전표를 들고 외쳤다.

"한 판으로 여기 만 냥을 따갈 사람 없습니까?"

사람들이 술렁거렸다.

"독룡이야."

"저 돈을 따면 독룡을 부릴 수 있게 되는 거라고?"

그러자 몇몇 사람이 몸을 일으켜 다가왔다.

"그거 흥미가 생기는군."

"독룡을 만 냥으로 쓸 수 있다면 싼 금액이죠."

한 명의 중년 남자와 나이 든 여인이 진자강의 옆에 자리를 잡고 앉았다.

진자강이 조용히 말했다.

"미안합니다만, 한 판만 하겠습니다."

"담대하군. 좋아."

중년 남자와 나이 든 여인이 패주에게 고갯짓을 했다. 패주가 골패를 전부 뒤집어 패를 확인시켜 준 후, 다시 엎어서 섞기 시작했다.

한 판 승부에 잃는 돈이 만 냥, 따는 돈이 삼만 냥이다.

사람들이 이 큰 단판 승부에 관심을 갖고 몰려들었다. 보는 눈이 백 쌍이 넘으니 속임수를 쓰려 해도 쓰기가 어려울 터였다.

패주가 골패를 나눠 주었다.

진자강의 앞에도 다섯 개의 골패가 놓였다. 진자강은 골패를 일일이 들어 확인한 후 내려놓았다.

패주와 중년 남자 나이 든 여인도 패를 확인했다.

"자신의 차례에 바꾸고 싶은 사람과 한 번씩 바꾸면 되오. 총 다섯 번의 순번을 돌고, 시작은 내가 먼저 하겠소."

패주가 진자강의 골패에서 하나를 가져갔다. 중년 남자

도 진자강의 골패에서 하나를 가져갔다. 여인은 패주의 것
에서 가져갔다.

진자강은 두 개가 비어서 여인의 것에서 한 개를 가져와
네 개를 만들었다.

"두 번째 순번이오."

이번에도 서로들 한 개씩 골패를 가져갔다. 진자강의 앞
에는 세 개만 남았다.

최종적으로 몇 개의 골패를 가지고 있든 나머지는 버리
고 세 개만 남기면 되기 때문에 다른 사람이 내 골패를 많
이 가져가지 않으면 유리해진다.

진자강은 견제를 받아 계속해서 세 개만 남았다.

이러면 마지막에 낮은 숫자의 골패를 버리지 못하고 그냥
가진 세 개를 모두 뒤집어야 하기 때문에 매우 불리하다.

하나 견제를 받으면서도 진자강은 여유가 있었다.

패주와 중년 남자, 나이 든 여인이 한 번 한 번의 선택에 식
은땀까지 흘리며 골몰하는 것에 비하면 매우 대조적이었다.

마침내 다섯 번째의 순번이 끝났다. 진자강의 앞에는 여
전히 세 개의 골패밖에 없어서 버릴 게 없었다. 패주의 앞
에는 네 개. 중년 남자의 앞에는 다섯 개. 여인의 앞에 여덟
개나 되는 골패가 있었다.

패주와 중년 남자가 진자강을 견제하는 동안 여인이 가

장 많은 골패를 모은 것이다.

"이런, 죽 쒀서 개 줬군."

중년 남자가 혀를 찼다. 여인이 가장 유리해졌다. 여인이 희희낙락하며 자신의 골패를 확인하고 다섯 개의 골패를 버렸다. 중년 남자와 패주가 각각 두 개, 한 개씩의 골패를 버렸다.

"그럼 다들 패를 확인해 봅시다."

패주가 먼저 골패를 열었다.

오, 칠, 육.

도합 십팔 점이었다.

중년 남자도 골패를 뒤집었다.

"패주는 이겼군."

칠, 오, 칠.

도합 십구 점.

여인이 웃으면서 골패를 내보였다.

십, 십, 구.

도합 이십구 점!

굉장히 높은 수였다.

이 놀음은 일 점부터 십 점까지의 골패를 한 목으로 하여 다섯 목을 쓴다. 즉, 십 점짜리 골패는 다섯 개.

진자강이 나머지 십 점짜리 골패 세 개를 다 가지고 있지 않은 한 이길 수 없는 것이다.

사람들의 눈이 진자강을 향했다. 진자강의 패로 여인의 점수를 이기는 게 쉽지 않을 터였다. 하지만 자신만만하게 나섰으니 뭔가 해 볼 만했으니까 나선 게 아니었겠는가?

진자강은 천천히 골패를 뒤집었다.

그런데.

빡!

돌리는 순간 골패를 부쉈다.

전혀 상상하지도 못했던 행동이었다.

"뭐, 뭐야!"

진자강이 다시 다음 골패를 뒤집었다. 그러나 그 순간 골패가 진자강의 손안에서 가루가 되었다.

"몇 점짜린데 부수는 거야!"

몇몇 사람들은 부수는 것보다 점수가 더 궁금한 이들도 있었다.

빠각! 빠각!

진자강은 자신이 가지고 있던 세 개의 골패를 모두 가루로 만들어 알아볼 수 없게 만들었다.

패주의 눈이 일그러졌다.

"이게 무슨 짓인가? 지금 남의 영업장에서 행패를 부리는 거야?"

진자강은 팔짱을 끼우고 아무 말도 하지 않았다.

여인이 항의했다.

"이, 이봐요! 내가 이긴 거잖아! 졌다고 그러면 없던 일이 될 줄 알아? 어서 전표를 내놓으라고!"

구경꾼들이 좋지 않은 분위기에 술렁거렸다.

독룡이 만 냥을 흔들면서 나서기에 대단한 게 있을 줄 알았더니 아무것도 없었지 않은가!

결국 호기를 부리다가 지니까 강짜를 놓는 것으로밖에 보이지 않았다.

패주가 얼굴을 굳혔다.

"골패를 상하게 했으니 판돈은 몰수요. 대협의 패배올시다."

진자강은 무덤덤한 얼굴로 패주가 아니라 이 층의 오태를 쳐다보았다.

자신을 쳐다보는 진자강을 본 오태가 픽 웃었다.

"내 이럴 줄 알았지."

오태가 몸을 돌려 안쪽 방으로 향하며 말했다.

"데려와. 정중하게."

결국 도박장을 운영하는 자들이 나서서 진자강을 데리고 가서야 소란이 가라앉았다. 진자강은 순순히 남자들을 따라갔다.

영문을 모른 사람들은 진자강이 도박장의 분위기를 망쳤다며 진자강을 욕했다.

＊　　　＊　　　＊

　오태가 도박장의 바깥 안채에서 진자강을 독대했다.

　고급 안주와 비싼 술을 내왔다. 깽판을 친 걸 보고도 오히려 제대로 대접을 하는 것이다.

　"재밌는 친구구만. 한낱 도박장 주인의 명예까지 지켜 줄 줄 알고. 이건 내 감사의 뜻이니까 많이 들게."

　오태가 덧붙였다.

　"독 같은 건 없어."

　진자강은 술을 따라 단숨에 마셨다. 마신 후에 혀를 살짝 이빨에 대고 입맛을 다셨다.

　"이런, 있잖습니까."

　하지만 독이 있다고 말하는 것치고 진자강의 얼굴은 매우 태평했다.

　"클클클, 빌어먹을. 제아무리 무미무취(無味無臭)의 극독을 섞어도 순식간에 들통나는군."

　진자강은 극독이 든 술을 다시 따라 마셨다. 그래 봐야 자기에게 소용없다는 듯.

오태가 신경질을 냈다.

"알았으니까 그만 마시라고! 그거 고정주(古井酒)보다 열 배는 더 구하기 힘든 독이란 말이야!"

고정주는 오래된 우물물로 빚은 술로 맛과 향이 뛰어난 고급술이었다.

오태가 독이 든 술을 치우고 제대로 된 고정주를 내왔다. 오태는 직접 진자강에게 술을 따라주며 물었다.

"어떻게 알았지?"

중년 남자와 여인은 진자강을 시험해 보기 위해 오태가 보낸 도박 기술자들이다. 패주도 오태의 편이었다.

"십 점짜리 골패 다섯 개 중에 한 개는 노형의 손에, 나머지 세 개는 부인의 손에 있었습니다. 그런데 노형은 십 점짜리 골패를 뒤집지 않았고, 부인은 세 개 중에 두 개만 뒤집었습니다."

부인은 이십구 점이었다.

만약 진자강이 십, 구, 구를 했어도 이십팔 점으로 이길 수가 없었을 터였다. 그러니 일부러 십 점짜리 골패 세 개 중 두 개만 뒤집어 이십구 점을 만들었던 것이다. 즉, 세 사람은 처음부터 여인이 이기도록 짜고 수작을 부렸다고 볼 수 있었다.

"흠. 그러니까 그걸 어떻게 알았을까?"

진자강은 새끼손가락으로 술을 찍어 탁자에 선을 그렸다.

곧 시큼한 냄새가 나서 오태가 얼굴을 찌푸렸다. 무슨 냄새인지 모르니 내공까지 끌어 올려야 했다.

"독미나리 종류의 풀즙입니다. 손끝으로 만지면 약간의 작열감과 화한 느낌이 납니다. 만지면 자기도 모르게 손가락을 비비게 됩니다."

진자강이 다시 술을 찍어 선을 그렸다.

이번엔 구린내가 났다.

"계요등(鷄尿藤)입니다. 만지면 미끌거리고 혀끝이 저릿해서 침이 납니다. 입맛을 다시며 침을 삼키게 되죠."

"닭 오줌 냄새로군."

"십 점짜리 골패 다섯 개에 두 가지의 독을 번갈아 발라 두었습니다."

몸에 해가 가지 않을 정도로 아주 살짝 독을 썼다면, 그 독이 묻은 골패를 만질 때마다 표정과 동작에 방금 말한 것들이 다 드러났을 터였다.

그래서 진자강이 십 점짜리 골패가 어디로 이동하는지 다 알 수 있었던 것이다.

"우리 패주는 제일 실력이 있는 녀석이었는데……."

골패에 흔적을 낸 것도 아니고 보이지도 않는 독을 발라 둔 것이니 패주라고 해도 알기 어려웠을 터였다.

"쳇. 도박이라고는 하나도 모른다는 녀석이 도박에 정통했군."

오태가 웃었다.

"패를 부숴서 나를 협박할 줄은 생각도 못 했어."

"그렇습니까?"

진자강이 패를 부순 것은 이미 십 점짜리 골패가 어디에 있는지 알아서였다.

패는 총 오십 개밖에 되지 않는다. 진자강의 패를 알기 위해서 나머지 패를 모두 뒤집어 확인한다면 금세 알 수 있게 되는 것이다.

그러나 그렇게 했다면 그 과정에 중년 남자와 부인에게 십 점짜리 골패가 더 있었다는 게 밝혀졌을 터였다.

그래서 진자강은 오태에게 신호를 보냈다.

어떻게 할 거냐. 더 해서 도박장이 망신당하는 걸 보겠느냐, 아니면 이쯤에서 그만두겠느냐 하고.

오태는 진자강의 제안을 받아들일 수밖에 없었다. 도박꾼들은 도박장에서 속임수가 일상적으로 벌어진다는 걸 알고 있지만, 자신들의 눈으로 보기 전까지는 믿지 않는다. 만약 진자강에 의해 속임수가 드러났다면 도박장은 완전히 신뢰를 잃었을 터였다.

오태가 물었다.

"내가 만약 기술자를 보내지 않았으면 어쩌려고 했지? 속임수를 쓰지 않고 정말 운으로 졌다면?"

"그 만 냥을 오 노사께서 대신 갚아 주지 않았겠습니까?"

"그랬겠지."

"그래서……."

진자강이 말을 꺼냈다.

"제게 제안하실 일이 무엇입니까?"

진자강이 자신을 팔겠다고 왔을 때, 서생은 준비되었다는 듯이 만 냥의 몸값을 책정했다. 진자강은 이미 그때 오태가 자신과 거래할 준비가 되었다는 걸 알았다.

오태는 말이 이 정도로 잘 통할 줄 몰랐다는 듯 진자강을 한 번 훑어보더니 바로 용건을 말했다.

"독."

"어떤 독입니까."

"제갈가의 구궁팔괘진을 파괴하고 마사불 묘월을 죽였으며 금강천검 백리중을 무릎 꿇린 독."

"마사불을 중독시키긴 했지만 그 당시에 바로 운기조식을 해 죽진 않았습니다만."

"괜찮아. 어차피 다른 사람들은 다 자네가 죽인 줄 알고 있으니까."

오태는 진자강이 가지고 있는 독을 원했다.

"당가는 콧대가 높아서 우리 같은 자들이 천금을 줘도 자신들의 독을 팔지 않아. 자네가 운남 독문을 다 쓸어버린 덕에 이젠 그만한 독을 얻기도 힘들어."

"음."

진자강은 자신의 독을 팔 생각은 한 적이 없었기에 잠깐 고민했다.

"물론 누군가를 죽일 때 쓰겠지요?"

"별 병신 같은 소리를 다 하는군. 그럼 독을 죽일 때 쓰지, 살리려고 쓸까? 나 같은 일에 종사하는 놈들은 구명절초가 있어야 하기 마련이야. 자네의 그 독이라면 일만 냥의 가치가 있지."

그러나 한편으로는 진자강의 독을 분석하고 연구하여 해독하려는 것일 수도 있다.

물론 그것은 불가능하다. 진자강은 두 가지의 경로로 독을 쓰는데, 한 가지는 씹어서 섭취하여 단전에 쌓는 독이다. 방금 사용한 계요등 같은 독이 그러하다. 그리고 다른 하나는 오채오공과 화정단심환으로 시작하여 여러 독의 부산물로 쌓인 탁기의 독이다.

매우 강력하지만 여러 독이 섞였기에 해독도 불가능하고 진자강조차 효과가 언제 어떤 식으로 날지 유추할 수 없는 독인 것이다.

"대가는?"

"아까의 만 냥."

"돈은 그리 필요하지 않습니다. 내가 원하는 것은……."

"알아. 철산문의 장물을 찾는 것. 그건 그냥 도와주지."

진자강이 오태를 쳐다보았다.

오태의 눈이 살기를 머금었다.

"석림방과 독곡의 시체와 남은 재산을 대낮에 싹 쓸어
간 놈들을 찾고 있지? 놈들의 정체를 밝히려다가 우리 애
들이 많이 상했어."

"복수하시겠다는 겁니까?"

"그걸 자네가 대신해 준다면 나로서는 더 바랄 일이 없
지. 밑바닥 인생들에게도 의리라는 건 있는 법이니까."

"좋습니다."

오태가 바로 손가락만 한 작은 호리병을 가져왔다. 진자
강이 새끼손가락을 물어 호리병에 넣었다.

"조금 있다가 진짜인지 확인해 볼 거야."

똑, 똑.

몇 방울의 독을 짜낸 후 오태에게 건네주었다. 오태는 조
심스럽게 마개를 막아 갈무리했다.

"독의 이름은?"

"없습니다."

"없어?"

오태는 어이없어하더니 인상을 썼다.

"이봐. 자네가 만들어 낸 독인 모양인데 아무리 그래도 그건 아냐. 예를 들어 당가의 탈혼방이 사용하는 독은 팔대극독 중 하나인 마가패혈산(摩伽敗血散)이야. 마가패혈산 때문에 탈혼방이라는 이름만 들어도 어지간한 놈들은 벌벌 떨어. 무슨 말인지 알겠나?"

오태의 말이 맞았다. 이름을 짓는 것은 상대를 심리적으로 압박할 수 있는 좋은 수단이었다.

"알겠습니다. 생각해 보도록 하죠."

"잘 생각해서 멋진 이름 좀 붙여 보게. 내가 '마사불을 죽인 독이다!' 라고 말했는데 남들이 무슨 독이냐고 물으면 뭐라고 하냔 말이지. 대답도 못 하고 어버버하면 그게 무슨 개 같은 상황이겠느냐고. 그러니까 이름이 붙어 있다는 건 아주 중요한 게야."

오태가 골패를 한 줌 쥐고 꺼내어 탁자 위에 늘어놓더니 하나를 들었다. 그리고 그것을 손가락 사이에 끼워 돌렸다.

차라락.

놀랍게도 손가락 사이에서 골패가 돌아갈 때마다 골패에 찍힌 점의 개수가 달라졌다. 오태가 손을 들어서 손가락을 움직여 보였다. 골패 다섯 개가 손가락 사이에서 정신없이 돌아갔다. 그런데 그 골패의 숫자가 계속해서 모두 바뀌고 있었다.

차라라라락.

그야말로 신기에 가까운 기술이었다. 저런 기술을 가지고 있으니 진자강이 당한 것도 무리가 아닐 터였다.

"하다못해 이런 것도 천지발패(天地發牌)라는 이름이 붙었다네."

오태는 진자강의 표정을 보고 그럴 줄 알았다며 물었다.

"왜. 이것도 배우고 싶나?"

"배워야 합니까?"

"배우긴 해야 할 거야. 장물을 찾으려면."

진자강이 무슨 의미냐는 투로 쳐다보았다.

"장물은 우리 도박장을 통해 사방으로 팔려 나가서 추적이 쉽지 않아. 장물을 처리한 사람을 우리가 알려 주거나 찾아가는 것도 이 바닥 법도에 어긋나. 그런데 방법이 없는 건 아니지. 도박꾼들은 도박이 걸리면 어떻게든 필요한 걸 구해 오려고 하거든."

"도박을 해서 찾아야 한다는 뜻이군요."

"그렇지. 그러니까 내일부터는 당분간 팔대가(八大家)를 배우러 좀 와."

팔대가는 당과 송의 유명한 문장가 여덟 명을 말한다. 하지만 문장을 배우러 오라는 뜻은 아닐 터이다.

오태가 씨익 웃었다.

"표정을 보니 안 모양이구만. 팔대가는 노름을 뜻하는 이 바닥 은어(隱語)일세."

第四章

다가오는 위협

    진자강은 구북촌에서 한동안 머물기로 했다.

    알고 보니 오태는 구북촌의 촌장으로 구북촌에 사는 이들 전부가 구북흑방(丘北黑幇)의 방도이며 동시에 하오문 소속의 지역 방파였다.

    오태도 강호에서 널리 알려진 도박꾼으로 젊었을 때 상당한 명성을 얻은 바 있었다. 지금처럼 어느 정도의 무공을 갖게 된 것도 도박으로 딴 영약과 비급 덕분이라고 말할 정도였다.

    오태가 삶은 닭다리를 뜯으며 말했다.

    "무림맹주의 부재로 강호는 지금 폭풍 전야지. 몸뚱이가 큰 문파들은 밑 작업을 하며 신중히 기다리는 중이고, 작은 놈들은 벌써 치고받고 영역 다툼을 하느라 난리야."

진자강은 손에서 골패 여러 개를 쥐고 돌리다가 골패를 떨어뜨렸다.

툭, 데구루루.

진자강이 골패를 주워서 다시 연습을 하며 물었다.

"해월 진인 한 명의 빈자리가 그렇게 큰 겁니까?"

"다툼을 중재해야 할 눈치 보던 놈들이 고의로 내버려 두는 거지. 균열이든 빈틈이든 있어야 자기 몫으로 떨어질 게 있으니까."

오태는 퉤 하고 침을 뱉었다.

"내 녹림에도 몸담아 보고 마교의 침공도 겪었지만 요즘 같은 적은 없었다. 지금도 해월 진인이 뭔 생각으로 무림총 연맹을 그렇게 만들었는지 모르겠어. 예전에 직접 본 적도 있는데, 그땐 이 정도로 타락한 사람이 아니었어. 오히려 고집스러운 도사에 가까웠달까."

해월 진인을 만난 적이 있다는 말에 진자강이 오태를 보았다.

"워낙 유명한 사람이었으니 호기심으로 봤지. 서림검파 무당종주(西林劍派 武當宗主)! 해월 진인은 검파의 정점에 선 사람이야. 구주육천 중 하나인 장강검문을 세운 것도 그

야. 압도적인 무력으로 무당파를 휘어잡고 몰아치듯이 장
강검문을 세워 그를 바탕으로 무림총연맹의 맹주 자리에
올랐다네."

"묘한 일이군요."

장물아비인 동시에 도박꾼인 오태가 해월 진인을 타락했
다고 말하는 것도 희한한 일이었지만, 해월 진인이 본래 정
도를 걷는 도사였다는 것도 희한했다.

"아무튼 중요한 건, 조만간 강호에 굉장한 해일이 몰아
칠 수도 있다는 것이지. 철산문의 장물을 노리는 자들 역시
그중 하나겠고."

오태가 말을 하며 진자강이 골패 돌리는 걸 보았다. 진자
강이 손가락 사이에서 골패의 순서를 뒤바꾸며 손을 뒤집
었다. 그 순간 골패를 또 놓쳤다.

툭, 데굴데굴.

"쯧쯧, 어째 독 뿌리는 거 말고는 재능이 없냐. 하루 만
에 골패를 제 눈알처럼 돌리는 놈은 봤어도 너 정도로 못하
는 놈은 없었다."

진자강은 사흘째 손에서 골패를 떼지 않고 있었다.

저만큼 하면 제아무리 재주가 부족해도 기본은 해야 정
상이었다. 하지만 진자강은 천지발패의 흉내는커녕 골패를
놓치기만 할 뿐이다. 희한한 모습이었다.

오태는 자기가 말을 해 놓고도 좀 이상하다고 생각했다.

진자강 정도의 고수가 골패 세 알을 계속해서 놓칠 리 있는가.

"잠깐? 너 손 좀 보자."

진자강이 손을 내밀었다. 오태가 진자강의 손바닥을 잡고 위아래로 뒤집어 보았다.

겉으로 보기엔 멀쩡하다. 여인네보다도 더 매끄럽고 투명한 살갗을 가졌다.

그런데 막상 손을 눌러 보자 느낌이 달랐다.

오태의 표정이 황당해졌다.

"뭐야 이건?"

손바닥이 딱딱하다. 말 그대로 돌덩이 같았다. 겉의 살갗은 부드러워 보이는데 막상 눌러 보면 돌덩이 같은 굳은살이 안쪽으로 깊이 박여 있었다. 손등보다도 손바닥이 더 단단했다.

"애벌뼈? 이건 뭐…… 굳은살 수준이 아니잖아!"

뼈가 부러져 뼛조각이 생기면 주위의 살이 뼈처럼 단단해진다. 애벌뼈, 혹은 가골(假骨)이라고 한다. 잘 만져 보니 손바닥뿐 아니라 손가락 안쪽도 전부 딱딱했다.

"도대체 손으로 무슨 짓을 한 거야. 철사장을 해도 이 정도까지는 안 되거늘."

진자강은 자신의 손바닥을 보며 생각에 잠겼다.

팔 년 동안 망치와 정을 들고 단단한 암반을 쪼았다. 손이 찢어지고 굳은살이 박여도 놓지 않았다. 그러다 보니 유독 피가 심하게 나고 아프던 때가 있는데 아마 그때 뼈가 깨져서 뼛조각들이 생겼던 모양이었다.

"하."

오태는 넋이 나간 표정으로 진자강을 쳐다보았다. 계속 골패가 튕겨져 나간 이유를 알았다.

"이런 손으로는 천지발패를 못 해. 천지발패는커녕 아무 기술도 못 쓴다."

오태는 진자강의 손을 놓고 말했다.

"하수는 병장기를 놓치지 않기 위해 굳은살을 만들지. 그러나 고수는 병장기를 섬세하게 조종하기 위해 일부러 살을 연하게 만든다. 도박 기술도 똑같아. 최고의 기술을 구사하려면 손바닥의 자잘한 근육까지 모두 움직일 수 있어야 해."

오태가 자신의 손바닥 위에 골패를 올려놓았다. 손가락을 전혀 움직이지 않은 상태에서 골패들이 꿀렁거리며 움직였다. 손바닥의 자잘한 근육을 이용해 골패를 튕겨 주는 것이다.

"포기해. 굳은살이면 약물로 살을 불려서 피부를 깎아

부드럽게 만들 수 있지만, 애벌뼈는 얘기가 달라. 손바닥을 째고 뼛조각을 하나하나 찾아서 꺼내야 한다."

"되기는 된다는 말씀이군요."

"되겠지. 하지만 그걸 버틸 수 있겠냐? 그리고 아물고 회복하려면 몇 달이 걸려도 모자라. 지금 할 수 있는 시술이 아니다."

진자강은 고민하지 않았다.

"그럼 해 보겠습니다."

"어이, 내 말이 장난처럼 들려? 손을 째고 애벌뼈를 갈라서 헤집어야 한다니까? 그걸 사람이 버틸 수 있을 것 같아?"

"그건 내가 알아서 하겠습니다."

"와, 이 미친놈 좀 보게."

오태는 진자강의 눈빛을 보고 질렸다. 각오하거나 대단한 결심을 한 눈빛이 아니었다. 그냥 덤덤했다. 굳이 말하자면 방법이 생겼다고 좋아하는 느낌이 느껴졌다.

"나 원망하지 마."

"알겠습니다."

"산공독을 먹일 거야. 시술 중에 내공을 쓰면 작살난다고."

"아마 소용없을 것 같습니다만."

"……"

독룡이니까 당연한 얘긴지도 모른다.

"그럼 발버둥치지 못하게 꽁꽁 묶어 둘 거야."

"그러실 필요까지는 없습니다."

"자넬 위해 한 소리가 아냐. 자네가 미쳐 날뛰면 내가 살아야 하니까."

＊　　　　＊　　　　＊

오태는 하루나 걸리는 거리에서 의원을 불러왔다. 중년의 의원은 오자마자 한 소리를 했다.

"그 미친놈 어딨어? 면상 좀 보자."

"묶어 놨어."

오태가 방으로 의원을 안내했다. 진자강은 의자에 묶여서 의원을 기다리고 있었다.

의원은 오자마자 시술 준비를 했다. 그러곤 진자강에게 매우 독한 냄새를 풍기는 술을 권했다.

"됐습니다."

오태가 진자강의 손을 탁자에 올려놨다. 진자강의 손바닥을 긴 장침으로 이곳저곳 눌러 보던 의원이 말했다.

"미리 말해 두는 데 뼛조각을 못 찾으면 애벌뼈를 통째로 들어낼 수도 있어. 살 붙는 데 일 년 걸려. 그동안은 칼 못 쥐어. 그래도 괜찮아?"

"감안하겠습니다."

"대답은 시원시원하군."

의원은 진자강의 입에 헝겊을 물리고 바로 칼을 들었다. 삼각형 모양으로 날 끝이 뾰족하고 작은 발골용 칼이다.

진자강은 독이 피에 섞여 의원에게 튀지 않도록 독기를 최대한 단속해 두었다.

"준비됐나?"

"됐습니다."

의원은 서슴없이 칼을 들어 진자강의 손바닥을 쨌다.

"심한데. 생각보다 덩어리가 많아."

뒷골목에서 칼에 맞고 머리통이 깨지고 팔다리가 부러진 왈패들을 주로 치료하던 의원이었다. 피가 솟구치고 뼈가 드러난 상황은 익숙하다.

의원은 좀 더 가느다란 칼로 진자강의 손바닥을 쑤셨다. 애벌뼈를 가르는지 두툼한 것이 썰리는 소리가 났다.

두두둑.

의원이 힐끗 진자강의 얼굴을 보았다. 진자강의 이마에서는 땀이 났다.

"잘 참고 있어. 뼛조각이 보인다."

의원이 작은 침으로 진자강의 손바닥 안을 헤집었다.

침이 손바닥의 뼈를 긁는 소리가 났다.

가각, 가각.

오태는 자기가 소름이 끼치는지 어깨를 움츠렸다. 진자강의 눈에도 힘이 들어갔다.

의원이 뼛조각을 끄집어냈다. 아주 작은 뼛조각이었다.

하지만 그게 시작이었다. 아직 갈 길이 멀었다.

＊　　　＊　　　＊

의원은 꼬박 반나절이 걸려서 시술을 마쳤다.

진자강의 양 손바닥에서 끄집어낸 뼛조각은 무려 서른 개가 넘었다. 거기다 너무 단단해진 애벌뼈의 덩어리를 전부 떼어 내었다. 애벌뼈의 덩어리는 좁쌀만 한 것부터 콩알만 한 것까지 크기가 제각각이었다.

진자강은 온몸이 땀투성이가 되었지만 끝끝내 신음 한 번 내지 않았다. 갈라진 목소리로 진자강이 인사했다.

"감사합니다. 고생하셨습니다."

의원은 돌아가면서 오태를 보고 고개를 절레절레 흔들었다.

"진짜 지독하구먼. 내 아는 사람들에게 독룡을 만나면 무조건 도망가라고 말해 줘야겠어. 독룡에게 원한을 진 놈들, 누군지 모르겠지만 제 명은 못 살 거야."

　　　　*　　　*　　　*

　진자강은 붕대를 감은 손으로도 골패를 쥐었다.

　손가락이 제대로 굽혀지지 않아서 골패를 떨어뜨렸지만,
최소한 손가락에 끼우고 돌리기라도 했다.

　오태가 치를 떨었다.

　"자네는 도대체가 적당히라는 걸 모르나? 그래서 낫겠어?"

　"피는 멎었습니다. 검기에 당한 상처가 아니면 금세 아
뭅니다."

　"아이고, 그러십니까? 네네, 소인이 몰라 뵙고 걱정 따
위를 해서 죄송하외다."

　아닌 게 아니라 바로 이튿날부터 진자강은 붕대를 감지
않아도 될 정도가 되었다. 하나 이틀이 지났는데도 붕대를
감고 있는 건, 그래야 손바닥의 살이 빨리 차오른다고 의원
이 강제로 시킨 때문이었다.

　진자강은 칠 일이 지나서야 붕대를 풀었다. 손바닥의 상
처는 대부분 아물었다. 칼로 그은 흔적이 남아 있지만 곧
흉터조차 남지 않고 사라질 것이다. 곤륜황석유로 인한 진
자강의 특이한 피부 회복력이다.

　다만 떼어 낸 살점을 회복하는 데에는 조금의 시간이 더
걸릴 터였다.

진자강은 골패 세 개를 손바닥에 넣고 돌렸다.

움직임은 불안정했지만 골패를 돌리는 동안 전혀 떨어뜨리지 않았다. 굳은살에 부딪쳐 튕겨 나지도 않게 됐다.

*   *   *

진자강은 보름 만에 예전의 감각을 거의 회복했다.

"실력 좀 볼까?"

오태의 말에 진자강은 대답 대신 손을 내밀었다. 손가락 사이에 세 개의 골패가 끼워져 있었다.

차라라락.

진자강이 손가락을 움직일 때마다 골패 세 개가 자유로이 손가락 사이를 오가며 자리를 바꾸었다.

"시술이 잘 된 모양이군. 하지만 아직 멀었어."

오태는 젓가락을 뽑아 탁자에 놓고 손가락에 골패 세 개를 끼워 천지발패의 수법으로 골패를 돌렸다. 그러면서 탁자에 놓인 젓가락까지 쥐었다. 젓가락을 쥔 채로 골패를 돌렸다. 골패가 손가락 사이에서 돌아가며 순서가 뒤바뀌고 있었다.

"내가 이걸로 밥벌이를 하는 데 삼십 년 걸렸어. 이제 보름밖에 안 된 주제에……."

진자강은 손목을 털듯이 하며 손바닥을 감아쥐었다가 폈다. 그러곤 다시 감았다가 폈다. 골패가 네 개가 되었다가 다시 다섯 개가 되었다. 손바닥을 접었다 펼 때마다 골패의 개수가 바뀌었다. 진자강의 손바닥 안에 처음부터 두 개의 골패가 더 있었던 것이다.

"……."

오태는 입을 다물었다.

"배수(扒手)의 수법과 금나수법을 함께 이용해 봤습니다. 손바닥이 부드러워지니 한결 편하군요."

오태가 짜증 난다는 표정으로 말했다.

"알았으니까 잘난 척하지 마. 도박장에서는 잘난 척하는 게 금기야. 자기보다 상수(上手)를 만나면 탈탈 털린다."

"명심하겠습니다."

진자강은 손을 탁자 아래로 내렸다. 하지만 여전히 천지 발패를 쉬지 않고 연습했다.

"으으, 독종 같으니."

손바닥을 시술한 날을 제외하고 진자강이 쉬는 걸 본 적이 없는 오태다.

진자강은 그만큼 천지발패의 수법이 마음에 들었다. 굳은살과 애벌뼈가 사라진 이후, 진자강은 오태의 말처럼 더욱 손을 세밀하게 쓸 수 있게 됐다.

하여 예전에는 상상하기도 어려웠던 것들을 할 수 있게 됐다.

진자강은 골패가 아니라 독침을 손바닥의 주름 사이에 숨긴 채 금나수를 펼칠 수도 있었으며, 손가락의 감각이 극도로 예민해져서 한 손으로 열 자루의 독침을 한꺼번에 던질 수도 있었다.

한 줌의 독침을 쥐고 손가락 사이로 하나씩 뽑아내면서 연속적으로 독침을 던지는 것도 가능했다.

오십 명이든 백 명이든, 독침만 준비되어 있다면 이제 진자강은 숫자를 두려워할 필요가 없게 되었다.

＊   ＊   ＊

진자강은 간혹 흑시에 나가 도박판에 끼었다.

기술을 완벽히 구사하게 되면서 잃는 날보다 따는 날이 더 많아졌다.

그러나 도박이란 것은 참으로 묘했다. 종류에 따라서는 아무리 기술을 부려도 가끔 질 때가 있었다.

오태가 조언했다.

"혼자서는 완벽하게 판을 장악할 수 없어. 그래서 도와줄 사람이 필요해. 때에 따라선 주사위나 패 자체에 장난질도 좀 해야 하고."

진자강에게 승률이 높은 것은 큰 도움이 되지 않았다. 이기고 싶을 때마다 완벽하게 이길 수 있어야 했다.

"쌍육(雙六)은 주사위 기술인데 보통 수은을 넣은 주사위로 기술을 부리지. 하지만 상대가 주사위를 잘라 버리면 바로 들통나기 때문에 원하는 바는 얻기 어려워."

"골패는 어떻습니까."

"골패를 뒤바꾸는 기술은 필연적으로 개수가 많거나 적어지게 돼. 그것도 꽤 위험이 있어."

진자강이 물었다.

"그럼 기술을 부려서 완벽하게 이길 수 있는 종목은 무엇입니까?"

"투전(鬪牋)을 추천해 주지."

기름 먹인 종이에 여러 가지 그림들이 그려져 있어서, 그림의 끗수를 겨루는 도박이었다.

"같은 그림 열 장을 한 목으로 봐서 큰 판에서는 팔목(八目), 작은 판에서는 사목 정도를 써. 이 투목은 상대에게 내가 원하는 패를 줄 수 있다는 게 장점이야. 그리고 또 장점이 하나 더 있어. 끗이 사실상 중요하지 않다는 거야."

"좋은 끗을 가지고 있으면 이기는 게 아닙니까?"

"투전의 승리 규칙은 하나야. 상대보다 한 끗수라도 높으면 이기는 것."

오태가 히죽 웃었다.

"내가 투전에서 두 번째로 높은 끗을 가지고 있어. 그럼 그대로 죽기에는 아깝겠지? 돈을 왕창 걸 거야. 반대로, 끝에서 두 번째로 낮은 끝을 가지고 있어. 그럼 당연히 진다고 생각할 거야. 하지만 말했듯 끗수는 아무 의미가 없어. 상대보다 한 끗만 더 높으면 되는 거야. 이게 사람을 피 말리게 만들지."

"완벽하게 이길 수 있습니까?"

"기술에다가 네가 좋아하는 심리적인 요소를 결합하면, 구 할의 승리를 장담할 수 있다."

"일 할이 부족합니다만."

"일 할은 말했듯, 패 자체로 손을 좀 봐야 해. 그건 내게 맡겨. 그러니까 오늘부터는 골패 말고 투전을 쥐어. 훨씬 쉬울 거야."

＊　　　＊　　　＊

투전의 종이 패는 손가락만 한 크기에 마디 다섯 개 정도의 길이었다. 다소 길이가 길어서 손바닥에 감추거나 기술을 부리기 어려워 보였다.

하나 기술을 부리기 어려워 보인다는 게 오히려 장점으로 작용했다. 손목의 각도에 따라 상대에겐 보이지 않게 패를 숨길 수도 있고, 얇기 때문에 순식간에 패를 갈아치울 수도 있었다.

기술은 빠르게 터득했기 때문에 진자강은 오태에게 상대의 심리를 읽고 휘두르는 방법을 배웠다.

진자강은 이제껏 주로 약자의 입장에서 고수를 상대할 때 뜻밖의 행동으로 상대의 방심을 유도하는 방식을 많이 썼다.

그런데 오태는 그와는 또 다른 방식의 심리전을 쓰고 있었다. 상대의 욕심을 이용해 자멸하게 만들거나, 자신의 명성을 이용해 짓눌러 압도적으로 압박하는 수법도 썼다. 때에 따라서 일부러 패배해 주기도 했다. 승리와 패배를 적당히 조절함으로써 부드럽게 판을 지배했다.

그러한 방식은 늘 이겨야만 하는 강박에 시달렸던 진자강에게 새로운 눈을 뜨게 만든 것이었다.

진자강은 한 달 동안 투전에 대해 배우면서, 강호가 돌아가는 모습을 들을 수 있었다.

흑시에서는 온갖 소문과 정보가 거래되었다. 개중에는 근거가 없거나 진위를 파악하기 어려운 정보들도 있었지만, 그래도 충분히 돌아가는 정도를 가늠할 수 있을 만큼은 되었다.

흑시에서 보낸 약 두 달의 시간은 진자강에게 큰 도움이 되었다.

진자강은 슬슬 떠날 때가 되었다고 생각했다.

"아쉽구만. 내 후계자로 삼고 싶었는데. 나중에라도 갈데 없으면 와."

"도박사는 제게 어울리지 않습니다."

"웃기고 있네."

오태가 비웃었다.

"그간 살아온 네 인생 자체가 도박이야."

진자강은 대답 없이 웃었다. 오태가 곰방대를 빨며 무심한 듯 말했다.

"가기 전에 건넛마을 포목점에 좀 다녀와. 내가 맡겨 놓은 거 있으니 달라고 해."

구북촌에도 포목점이 있는데 왕복 한 시진은 걸리는 건넛마을까지 다녀오라니?

하지만 진자강은 히죽거리는 오태의 표정을 보고 이유가 있을 거라 생각했다.

"지금 다녀와."

"알겠습니다."

진자강이 길을 나서니 사방에서 아는 척을 했다.

평소에는 시골 아낙처럼 밭일을 하다가 흑시가 열리면

홍등가의 기생으로 변모하는 여인들도, 가게에서 일을 하다가 흑시 때에는 칼을 들고 주변을 지키는 싸움꾼들도 모두 진자강에게 웃으면서 인사했다.

"밥 먹었어? 먹고 갈래?"

"저녁에 술 마실 건데 와."

냇가에서 빨래를 하던 처자들도 진자강을 보고 까르륵거렸다. 진자강의 외모에 얼굴을 붉히는 처자도 있었다.

비록 장물을 거래하고 어두운 일에 종사하는 흑도방파의 인물들이지만, 그래도 사람 사는 냄새가 났다. 나름의 규율이 있었고 원칙이 있었다.

숨 막힐 것 같은 상황에서 살아온 진자강에겐 이런 환경이 어색하면서도 포근했다. 물론 그렇다고 해서 이들이 결코 좋은 이들이라고는 할 수 없다는 걸 아는데도 그러했다.

그에 대해 오태가 말한 적이 있었다.

—우리는 뒷골목 장사꾼이야. 인육을 팔 장소는 제공하지만 인육을 만들지는 않아. 살수를 구할 수 있게 도와주지만 살행은 안 해.

나쁜 짓을 하는 것과 나쁜 짓을 하게 돕는 것이 무슨 차이가 있느냐고 물었더니, 이렇게 대답했다.

　　—누군가 볼일을 봤으면 똥은 치워야지.

　진자강은 유독 그 말이 마음에 들었다.

　그건 자연과도 같다. 낳고 살아가고 죽어서 썩어 흙으로 돌아가는 순환의 과정이었다.

　언젠가 복수를 마치고 나면 진자강도 그런 자연 속에서 살게 될 수 있을까.

　진자강이 그런 생각들을 하며 걷고 있는데, 마을 청년 한 명이 헐레벌떡 뛰어오고 있었다.

　"무슨 일입니까?"

　"관병이 오고 있네."

　갑자기 관병이라니? 흑시는 엄연히 불법적인 장소다. 잘못되면 법에 따라 처벌받을 수 있다.

　진자강이 긴장하자 청년이 픽 웃었다.

　"자넨 신경 쓸 거 없어. 종종 뇌물 받으러 들르니까. 오 노사께 미리 알려 드리려는 거야."

　진자강은 잠시 뒤를 돌아보다가 다시 건넛마을로 길을 재촉했다.

　　　　*　　　　*　　　　*

　오래지 않아 관병 서른 명이 구북촌으로 들어왔다.

　오태는 청년의 얘기를 듣고 관군을 맞이하러 나왔다.

　그런데 관병들의 행태가 심상치 않았다. 밭에 있던 이들은 물론 집 안에 있던 마을 사람들까지 끌어냈다.

　오태가 최대한 웃는 표정으로 관병들에게 물었다.

　"어르신들, 왜 그러십니까?"

　"닥치고 저리 가 있어!"

　관병들은 오태마저도 밀어냈다. 그러곤 사람들을 마을 한가운데 모이게 했다. 관병을 자극하거나 해칠 순 없었다. 하나라도 죽이면 수천 명이 몰려와 마을이 몰살당한다.

　관병들이 창을 들고 구북촌의 사람들 오십여 명을 둘러 쌌다. 오태가 다시 한번 나섰다.

　"제가 이곳 촌장입니다. 평소 오던 대장님이 안 보이시는데 어디 계십니까? 뭔가 오해가 있는 것 같아서 말씀을 드려야 할 것 같습니다."

　관병들은 아무 말 없이 사람들을 지키고 섰다. 거북한 분위기가 계속됐다.

　그러다가 얼마 지나지 않아 한 명이 말을 타고 나타났다. 관병을 이끄는 대장인 듯했다.

오태의 표정이 살짝 변했다. 하지만 티를 내지 않고 앞으로 나아가 꾸벅 허리를 숙였다.

"새로 오신 분이십니까? 제가 여기 촌장인 오태라고 합니다. 미처 찾아뵙고 인사를 드리지 못했습니다. 소인의 무례를 용서하시고 안으로 드시지요."

하나 관병 대장은 말도 없이 가만히 오태를 내려다보고 있을 뿐이었다.

오태가 힐끗 관병 대장을 올려다보았다. 눈이 마주쳤다.

그 순간 오태가 고개를 갸웃했다. 관병 대장의 머리끝에서부터 발아래, 말안장까지 눈으로 쭉 훑었다.

그러더니 허리를 펴고 곰방대를 입에 물었다.

"후……."

관병 대장이 말에서 오태를 내려다보며 음산한 목소리로 말했다.

"철산문의 장물을 내놓아라."

오태는 대답하지 않았다.

관병 대장은 표정 하나 변하지 않고 다시 말했다.

"당장 가져오지 않으면 이곳에 있는 놈들을 모두 죽이고 찾아가겠다."

오태는 대답 없이 곰방대를 빨았다.

"후우. 이것 참."

오태가 관병들을 훑어보더니 관병 대장을 똑바로 보며 마을 사람들에게 말했다.

"애들아, 이놈들 관병 아니다. 어쩐지 수금하러 온다고 미리 기별이 없더라니."

마을 사람들이 오태의 말에 눈빛을 바꿨다.

관병으로 위장하고 있지만 대장이란 자의 말에 소속 위소(衛所)를 나타내는 징표가 없었다.

"이것 참. 결국 우리를 찾아왔구나. 생각보다 끈질긴 놈들일세."

오태가 관병 대장에게 물었다.

"너희들이 석림방과 독곡을 싹쓸이한 놈들이지?"

관병 대장은 묵묵부답으로 있다가 한마디를 내뱉었다.

"죽여."

그 순간 관병들이 마을 사람들을 공격했다.

오태가 가까이에 다가오는 관병들을 향해 연초의 연기를 뿜어냈다.

독간연!

다가오던 관병들이 얼굴을 찡그리며 기침을 했다.

"쿨럭, 쿨럭!"

오태는 달려가서 관병들의 가슴을 발로 찼다.

퍽!

갈비뼈가 부러지고 가슴이 함몰되며 관병 두 명이 나가 떨어졌다. 마을 사람들도 각기 각반과 품에 숨겨 두었던 비수를 꺼내 관병들에게 대항했다.

관병 대장이 말안장을 박차고 뛰어올랐다. 눈 깜짝할 사이에 오태의 앞에 선 관병 대장이 위에서 아래로 손을 후려 쳤다. 오태가 곰방대를 뉘여 양손으로 버티고 장을 받았다.

와지끈!

곰방대가 엿가락처럼 휘어졌다. 안에 철심을 댄 단단한 곰방대가 일장에 휘어진 것이다.

그 한 수에 오태는 상황을 파악했다. 식은땀이 흘렀다. 이만한 고수는 운남에서 마주친 적이 없다.

"제기랄, 엄청난 고수로군!"

관병 대장을 떨치고 뒤로 물러나서 돌아보니, 마을 사람들이 일방직으로 밀리고 있었다.

오태가 소리쳤다.

"간덩이가 부은 놈들이구나. 관병을 사칭하면 구족을 멸한다는 것도 모르느냐!"

그 말에 관병 복장을 한 자들 대다수가 몸을 움찔했다. 하지만 전혀 개의치 않는 자들이 있었다. 일반 관병 복장을 한 자들 틈에 섞여 있는 고수들이다. 숫자는 두엇밖에 안되지만 구북촌의 삼류 흑도들이 상대하긴 어려웠다.

오태는 입맛이 썼다.

관병 사칭을 개의치 않을 정도로 뒷배가 있는 놈들이다. 눈앞에서 그림자가 어른거렸다. 급히 보법을 밟으며 몸을 날리고, 연기를 뿜었다. 관병 대장이 연기를 헤치고 튀어나와 다시 일장을 후려쳤다.

오태는 발 빠르게 잔상을 남기며 물러섰다. 신법은 오태의 장기 중 하나였다. 하지만 관병 대장은 오태를 똑같이 따라왔다. 오태보다 몇이나 더 위에 있는 고수다.

"으아악!"

"악!"

비명 소리가 계속 울렸다. 오태도 관병 대장에게 일장을 얻어맞았다. 살짝 빗맞았는데도 어깨가 뭉개졌다.

오태가 어깨를 붙들고 소리 질렀다.

"달아나라! 싸우지 말고 달아나!"

하나 곳곳에 섞여 있는 고수들 때문에 달아나는 것도 불가능했다. 고수들이 팔다리를 꺾으면 나머지가 처리했다. 비명 소리가 계속해서 이어졌다.

"젠장."

관병 대장이 오태의 발을 밟았다. 발등이 으스러졌다.

오태는 비명을 지르다가 갑자기 불쌍한 표정으로 애원했다.

"어르신. 드리겠습니다. 원하는 건 뭐든 드릴 테니 제발 살려 주십쇼."

관병 대장이 손을 들었다가 멈췄다.

그러자 오태는 밟히지 않은 발을 들어 관병 대장의 사타구니를 찼다.

뻑! 소리가 났지만 고환을 때린 감각이 없었다. 고수들 중에는 고환을 몸 안으로 숨기는 자들도 있다. 물론 그만큼 무공이 높다는 증거다.

관병 대장이 들었던 손을 내려쳤다.

오태는 머리를 맞고 눈앞이 깜깜해졌다. 바닥에 엎어졌다. 관병 대장이 오태의 오른손을 밟고 지그시 힘을 주었다.

"끄윽!"

여전히 무덤덤한 목소리로 관병 대장이 물었다.

"장물은 어디 있지?"

관병 대장, 아니 관병 대장으로 위장한 노인을 바라보던 오태가 얼굴이 잔뜩 일그러진 채로 웃었다.

"거, 오늘 체면 엄청 구기는구먼."

관병 대장이 오태를 빤히 내려다보았다.

"체면?"

노인이 발에 힘을 주자 오태의 오른손에서 우두둑 소리가 났다.

"으윽, 끅!"

"체면보다 네 손 걱정이나 하거라."

오태는 노인의 말에 신경 쓰지 않고 외쳤다.

"인마! 그런 눈깔로 동정하지 마. 칼 밥 먹고 살면서 이런 각오도 안 했겠냐?"

노인이 눈에 힘을 주고 오태를 노려보다가 갑자기 흠칫했다. 그가 곧바로 고개를 돌렸다.

뒤통수를 따끔거리게 하는 무지막지한 살기.

관병으로 위장한 자들마저도 살기를 느끼고 마을 입구 쪽을 돌아보았다.

절룩, 절룩……

진자강이 무서운 표정으로 들어서고 있었다. 입에 겨우 살이 풀 한 줄기를 물고서.

오태가 고통 때문에 땀을 뻘뻘 흘리며 웃었다.

"아따, 잘 어울리네. 선물은 마음에 드냐?"

진자강은 깊은 물의 빛깔처럼 짙고 검푸른 남청색 무복을 입고 있었다. 고급스러운 옷감에 귀티가 나서 피부가 하얀 진자강과 굉장히 잘 어울렸다.

오태가 진자강을 위해 준비한 옷이다.

진자강이 눈을 크게 치켜뜨고 관병으로 위장한 자들을 노려보며 대답했다.

"아주…… 마음에 듭니다."

오태가 히히거렸다.

"소매에 네가 좋아하는 것도 넣어 놨다."

"압니다."

저릿, 저릿.

진자강이 뿜어내는 정돈되지 않은 살기에 관병으로 위장한 자들이 주춤거리고 물러섰다.

관병 사이에 끼어 있던 고수 둘이 인상을 썼다. 내공을 끌어 올리고 있는 중인데도 팔에 소름이 돋아서 몸이 으슬으슬했다.

"무슨 놈의 살기가……."

구북촌의 이들은 진자강의 등장에 안도했다. 하지만 구북촌을 습격한 자들은 아니었다.

진자강이 다리를 절며 들어온 걸 볼 때부터 이미 머릿속에 누군가를 떠올리고 있었다.

불안한 표정으로 한 명이 중얼거리듯 혼잣말을 했다.

"독룡……?"

노인이 진자강에게 물었다.

"네가 독룡이냐?"

진자강은 대답하지 않고 말했다.

"셋 셉니다."

노인이 얇은 입술을 비틀며 조소했다.

"셋 셀 동안 꺼져라?"

진자강이 계속해서 절룩거리고 걸어오며 내공을 끌어 올렸다. 발밑에서부터 내공이 회오리치고 먼지가 회오리를 따라 진자강의 다리를 타고 올랐다.

"아니."

진자강이 이를 드러내며 대답했다.

"지금부터 일어서 있는 사람은 모두 죽입니다. 하나, 내 질문에 무엇이든 대답할 자신이 있는 사람만 무기를 버리고 앉으십시오. 둘, 그 사람들만 일단 살려 주겠습니다."

진자강이 걸음을 멈췄다.

"셋."

진자강은 소매에서 독침 한 줌을 쥐고 꺼냈다. 그러곤 새끼손가락을 물었다.

으직.

동시에 손을 위로 들었다가 앞으로 뻗었다.

핑! 핑!

동시에 관병으로 위장한 자들 사이에서 신음이 튀어나왔다.

"억!"

독침을 맞은 자들이 고꾸라졌다.

"우욱!"

바닥에 엎어져 구토를 하고 피를 뿜었다.

독침은 정확하게 가슴 위쪽으로만 날아갔다. 머리를 감싸고 엎드리거나 주저앉으면 맞지 않았다. 관병으로 위장한 자들이 주저앉으면 구북촌의 이들이 달려들어 재빨리 제압했다.

진자강이 걸어오면서 계속 독침을 날렸다.

핑! 핑!

진자강의 손에서 쉴 새 없이 독침이 떠났다.

연속섬절(連續閃絶)!

고수가 아닌 자들에게는 그저 점 하나가 잠깐 보였을 뿐일 것이다.

"으아악!"

관병으로 위장한 자들이 계속 당했다. 서른 명 중에 벌써 반수 이상이 진자강의 독침을 맞고 쓰러졌다. 일곱 명가량은 스스로 항복해서 구북촌의 이들에게 잡혔다.

사이에 있던 고수 둘이 앞으로 나왔다.

노인은 오태의 손을 밟은 채로 진자강을 손가락으로 가리켰다. 고수 둘이 즉시 튀어 나가 진자강을 공격했다. 진자강이 양손을 모았다가 동시에 펼쳤다.

스무 개의 독침이 어지럽게 날았다.

비선십이지는 강호에서 대단한 취급을 받기 어려운 암기술이지만, 맹독을 머금고 동시에 스무 개가 펼쳐지니 위압감이 달랐다.

독침이 그리는 호선의 굴곡이 모두 달랐다. 한두 개면 모를까 여러 개가 전부 다른 각으로 휘어지며 날아드니 막기가 쉽지 않았다.

두 고수가 칼을 휘두르며 겨우겨우 몇 개의 독침을 쳐 냈다. 호선을 그리며 돌아가는 독침 사이로 한 개의 빠른 독침이 쏜살처럼 지나가 한 명의 목에 꽂혔다.

퍽.

독침이 목을 뚫고 들어가 반대편으로 튀어나왔다. 뚫린 구멍에 시퍼런 멍이 생겼다. 그는 즉시 튀어나온 독침을 뽑아 버리고 목 주위를 점혈해 독이 퍼지는 걸 막았다.

하지만 이어서 날아든 독침들이 어깨와 가슴에 꽂혔다.

독침이 꽂힌 고수는 왈칵 피를 토하며 무릎을 꿇었다. 그러나 아직 죽은 상태는 아니었다.

진자강은 왼쪽으로는 비선십이지를 던지면서 오른쪽으로는 계속해서 빠른 섬절을 날렸다.

왼쪽의 내공으로 던진 독침은 느리지만 변화가 심하고 탁기의 내공이 묵직하게 담겨 있었다.

땅! 따앙!

다른 한 명의 고수는 칼로 독침을 쳐 낼 때마다 손아귀에 충격이 가해지는 걸 느끼며 이를 악물었다. 게다가 오른쪽의 선기를 담은 독침은 예리함이 더해져서 한결 빨랐다.

순간순간 날아드는 섬절의 독침을 피하면서 무거운 비선십이지의 독침을 쳐 내야 하니 쉬운 일이 아니었다.

"으윽!"

몸을 피할 수도 없었다. 진자강이 계속해서 독침을 던졌다.

스무 개, 마흔 개…….

나중에 던진 독침의 속도가 더 빨라서 앞서 던진 독침에 더해졌다.

고수는 막아 내다가 날아오는 숫자를 보고 망연자실해했다. 정신없이 막다 보니 어느새 뒤쪽에 쌓여서 한꺼번에 날아오는 숫자가 어마어마해졌다.

고수는 포기하고 칼을 내렸다. 질끈, 어금니를 씹어 독단을 터뜨렸다.

파파팟!

전신에 새까만 침이 꽂혔다.

동시에 얼굴에서 연기가 나며 살이 녹아내리기 시작했다.

끄아아아아!

진자강은 그 모습을 예전에도 본 적이 있었다.

제갈연을 공격한 암살자가 자결할 때 썼던 독이었다. 이 자들이 어떤 식으로든 연관되어 있을 가능성이 높았다.

노인이 발에 힘을 주고 눌렀다.

뿌드득!

오태가 이를 악물고 잇새로 비명 소리를 냈다.

"끄으으윽!"

손가락이 모조리 작살 났다.

노인이 움직였다. 처음에 독침을 맞은 고수가 아직 살아 있었다. 노인은 망설임 없이 손을 휘둘러 고수의 목을 날렸다.

진자강이 노인을 빤히 노려보았다.

그런데 노인의 입에서 나온 말은 진자강의 생각과는 전혀 다른 것이었다.

"여기까지는 참겠다. 더 이상 우리의 일을 방해하지 말고 가라."

설마하니 그런 얘기가 나올 줄은 몰랐다.

진자강이 물었다.

"날 압니까?"

"알다마다. 당금의 강호에서 독룡을 모르는 자는 없지."

"제갈가의 소저를 죽이려고 암살자를 보낸 것도 당신들입니까?"

"내가 할 답변이 아니다."

"당신 같은 사람을 부리는 걸 보니 어지간한 조직은 아닌 모양이군요."

진자강은 고개를 저었다.

"제안은 감사합니다만 안 되겠습니다."

"굳이 벌주를 마시겠다는 것이냐? 강호에서 조그마한 이름을 얻었다고 눈에 뵈는 게 없는 모양이로구나."

진자강이 손가락을 들어 방금 노인이 죽인 고수를 가리켰다. 이어 노인을 가리켰다.

"내게 뭔가 얘기해 줄 사람이 당신밖에 안 남았잖습니까."

"건방진 놈. 정신이 번쩍 들도록 머리 가죽을 벗겨 주마."

오태가 오른손을 붙들고 소리쳤다.

"독룡, 조심해라! 강호에 알려지지 않은 고수다!"

노인이 성큼 진자강을 향해 다가섰다. 하나 진자강도 물러서지 않고 바로 정면에서 맞섰다. 순식간에 십여 장의 거리를 좁히고 둘이 부딪쳤다.

노인의 손이 창처럼 진자강의 가슴을 푹 찌르고 들어왔다. 진자강은 겨드랑이 사이로 비껴 냈다. 노인이 겨드랑이로 지나간 손을 휘저었다. 진자강은 옆구리에 노인의 팔을 끼우고 상체를 살짝 뉘인 채 팽이처럼 돌았다.

팟, 팟!

노인의 손날에 걸린 머리카락이 칼에 잘린 것처럼 잘려 나갔다. 세 바퀴를 연속으로 돌아 힘을 해소하면서 노인의 가슴을 포룡쇄로 찍었다. 노인이 팔목으로 진자강의 손목을 밀어냈다. 그 순간 진자강은 배수의 수법으로 노인의 소매를 번개처럼 잡아채며 다리를 걸었다.

노인이 힘을 주어 버렸다. 다리가 굽혀지다가 말았다. 진자강은 바닥에 발을 붙인 채 쭉 밀어서 재차 노인의 발을 찼다.

노인이 앞으로 상체를 숙이면서 한 다리를 뒤로 빼서 등 뒤로 돌렸다. 순간 진자강의 얼굴로 뒷발이 날아왔다. 마치 전갈의 꼬리처럼 다리를 뒤로 당겨 어깨 위로 넘겨 찬 것이다.

역탄궁(逆彈弓)!

처음 보는 수법이라 진자강도 당할 수밖에 없다.

퍽!

진자강은 가슴을 맞고 쭉 밀려났다. 그러나 소매를 놓

지 않고 있어서 노인의 팔소매가 찢어졌다. 노인은 너덜거리는 팔의 옷을 뜯어 버리고 몸을 날려 공중에서 세 번이나 옆차기를 했다.

진자강은 왼손에 탁기의 내공을 모아 막았다.

터터턱!

무겁고 둔한 내공이 출렁이면서 노인의 발차기 위력을 감소시켰다. 곡식이 가득 든 포대를 찬 것 같은 묘한 느낌에 노인의 얼굴이 찌푸려졌다. 진자강은 노인의 발을 양손으로 잡고 바닥에 메쳤다. 노인은 등 쪽으로 떨어지면서 양손을 어깨 위로 들어 바닥을 거꾸로 짚었다.

노인이 허리 힘으로 벌떡 일어나며 팔을 크게 휘둘러 진자강의 머리를 손날로 쳤다. 진자강이 옆으로 몸을 틀었다.

싹!

코앞에 날카로운 칼이 지나간 것처럼 서늘했다. 이어 쾅! 소리를 내며 바닥에 길게 패인 자국까지 남았다. 손이 마치 언월도 같은 기세를 보이고 있었다.

진자강이 오른손 손끝으로 노인의 얼굴을 찔렀다. 노인이 무시하려다가 손끝에서 뭔가 반짝이는 걸 보고 고개를 돌렸다.

핑!

손끝에 어느새 독침이 들려 있었다. 진자강이 독침을 돌려서 끝이 손바닥 쪽으로 향하게 하고 단월겸도의 수법으로, 낫을 상대의 목에 걸듯 노인의 목을 휘감았다.

노인이 별수 없이 손등으로 진자강의 손목을 막았다. 진자강이 첨련점수를 이용해 손날 부분으로 노인의 손목을 눌렀다.

노인은 힘을 빼고 진자강의 수법을 받아 주다가 낚아채듯이 손을 뒤집어 진자강의 손목을 잡아 비틀었다. 노인의 금나수법도 무시할 수준이 아니었다. 하지만 진자강은 손목이 비틀리는 순간 손가락 사이에서 독침을 돌렸다.

핑그르르.

독침이 튕겨 나가 노인의 눈으로 날아갔다. 노인이 볼을 부풀리며 숨을 모았다가 훅! 불어서 독침을 날렸다.

노인은 성을 냈다.

"놈!"

그사이 진자강이 손목을 접어서 노인의 손을 덮었다.

노인의 눈이 움찔했다. 진자강이 손을 떼었을 때, 노인의 손등에는 하나의 독침이 더 박혀 있었다. 진자강이 주먹을 쥐었다가 폈다. 손가락 사이에서 세 개의 독침이 불쑥 솟았다. 진자강이 독침을 끼운 손가락을 채찍처럼 하여 노인을 후려쳤다. 노인이 뒤로 뛰었다.

가슴팍의 옷이 독침에 걸려 세 갈래로 찌익 하고 찢어졌다. 진자강은 손가락 사이에서 독침을 돌려 바로 집어 던졌다.

피피핑!

노인은 덜렁대는 옷을 찢어서 빙글빙글 감아 독침을 받아 냈다. 진자강의 반대쪽 손가락에서도 독침이 튀어나왔다. 노인은 코앞에서 던지는 독침을 정신없이 받았다. 그러느라 이미 손등에 찍힌 독침을 어쩌지 못했다. 독이 퍼지면서 퍼런 핏줄이 번지고 있었다. 노인은 진자강을 떨쳐 내려 했지 만 진자강은 찰거머리처럼 붙들고 공격을 멈추지 않았다.

노인은 크게 노호성을 지르며 육참골단(肉斬骨斷)으로 살을 내주고 뼈를 취하는 것처럼 진자강의 공격을 막지 않고 진자강의 머리를 손에 감은 옷 덩어리로 쳤다. 옷 덩어리를 가르고 손날이 튀어나왔다. 진자강이 고개를 뒤로 빼며 피하자, 노인은 팔을 돌려 그대로 독침이 꽂힌 자신의 팔목을 잘라 버렸다.

그런데 진자강이 노인의 잘려서 떨어지는 손을 발끝으로 차서 걸어 올리며 왼손으로 잘린 손의 손바닥이 노인의 가슴을 향하도록 대고 쳤다. 손등에 박혀 있던 독침이 잘린 손을 관통하고 노인의 가슴에 박혔다. 자신의 손이 자신의 가슴에 붙어 있는 꼴이 되었다.

노인의 얼굴이 삽시간에 핼쑥해졌다.

"이놈이……."

노인이 비틀거리며 뒤로 물러섰다.

독침이 심장에 제대로 꽂혔기 때문에 아무리 기혈을 막는다고 해도 오래는 버틸 수 없다.

어지럼증과 동시에 호흡이 불편한 기분이 들었다. 메스껍고 구역질이 올라왔다.

동시에 가슴이 뻐근해졌다.

욱! 씬!

순식간에 식은땀이 맺혔다.

노인은 가슴에 붙어 있는 본인의 잘린 손목을 잡아떼었다. 큰 도움은 안 되지만 일단 주변의 기혈을 점해 최대한 독이 퍼지는 걸 늦췄다.

그러나 심장이 멈춰 버리면 모든 게 무용지물이다.

어서 판단해야 했다. 이대로 싸우다 죽거나 독단을 깨물거나.

독룡이 생각보다 강했다. 특히나 암기술을 결합한 독특한 금나수법은 굉장히 상대가 까다로웠다.

손발을 부딪쳤을 때에 느낀 내공의 감각도 희한했다. 아마 절세의 내공심법을 익힌 게 틀림없었다.

노인이 핏발이 올라와 벌게진 눈으로 진자강을 노려보며 말했다.

"클클클. 장강후랑추전랑(長江後浪推前浪)이라더니……
장강의 뒤 물결이 앞 물결을 밀어내는구나."

진자강이 되물었다.

"밀려난 선배로서 곧 앞 물결이 될 후배에게 남겨 줄 조
언이 있습니까?"

노인이 기다렸다는 듯 사악한 미소를 지었다.

"없다. 네놈은 내게서 아무것도 얻지 못한다. 네놈이 무
엇을, 누구를 건드렸는지 평생 알지 못한 채 싸늘한 시체가
되겠지."

"그럴 줄 알았습니다. 그럼 가십시오."

진자강이 너무 미련 없이 대꾸하는 바람에 노인은 기분
이 불쾌해졌다. 그건 마치 뒈지든 말든 상관없다, 는 뜻으
로 들렸다.

진자강이 전혀 아쉬워하지 않으니 왠지 자신의 죽음이
너무 덧없게 느껴졌다.

"이놈…… 감히 노부를 뭐로 보고……."

"알려 주기 싫다고 한 건 본인입니다."

가뜩이나 숨 쉬기 힘들어 고통스러워하던 노인의 얼굴이
더욱 일그러졌다.

"건방진 애송이! 노부는 네가 태어나지도 않았던 시절에
강호에서……!"

진자강이 싸늘하게 노인의 말을 잘랐다.

"닥치십시오."

"뭣이?"

노인은 어이가 없어 멍해졌다가 곧 화가 치밀었다.

"네 이놈! 어린놈이 어디서 작은 힘을 손에 넣었다고 오만방자하기 도를 넘었구나! 강호가 그리 우습게 보이느냐!"

"강호는 잘 모르겠습니다. 하나 당신은 우습기 짝이 없습니다."

"어린놈아! 세상에 영원한 것은 없느니라. 전안환불시일양(轉眼還不是一樣)이니, 바뀌는 건 순식간이다. 앞 물결을 밀어낸 네놈 또한 머잖아 앞 물결이 될 것이다. 그때 네놈에게 오늘 같은 날이 있었음을 잊지 말거라!"

하나 진자강은 오히려 노인을 손가락으로 가리키며 꾸짖듯 소리쳤다.

"당신은 스스로 자신의 이름도 밝히지 못할 정도로 더러운 짓을 하고 있는 주제에 감히 누구에게 훈계를 하는 겁니까!"

노인은 말문이 막혔다.

"가, 감히라고?"

분을 삭이지 못해 와락 피를 토해 냈다. 피를 두 번이나 토한 후에야 조금 정신이 맑아졌는지 목소리가 침착해졌다.

"흐…… 흐흐, 그런 식으로까지 격장지계로 노부를 도발하여 정보를 캐내고 싶은 거겠지? 어린놈아, 세상에는 네 작은 머리로 이해할 수 없는 대의(大義)가 있는 법이니라."

노인은 비틀거리면서도 아래를 가리켰다.

"꿇고, 사죄하라. 그러면 혹시 모르잖으냐? 노부가 죽기 전에 미친 척하고 아량을 베풀어 입을 열지도."

진자강은 경멸의 눈으로 노인을 바라보았다.

"거부하겠습니다. 당신은 그런 예우를 받을 자격이 없습니다."

노인이 점점 가빠지는 숨소리를 내며 물었다.

"후욱, 후욱. 그러면 네놈은 아무것도 알아내지 못하게 될 텐데도?"

진자강의 입가에 조소가 어렸다.

"그렇게 생각합니까? 내가 노인에게 쓴 독이 무언지 알면 그런 말을 못 할 겁니다만."

노인은 심각하게 독이 돌아 눈 밑이 꺼멓게 변했다. 죽음이 눈앞이다. 대답을 듣지 못하고 죽는 것만큼 찜찜한 일은 없다.

"너는…… 본인의 수하 둘을…… 죽였다. 그들은 아무런 말도 하지 않았다. 그런데 무얼 어떻게 알아냈다는 것이지?"

진자강은 소매에서 아까의 겨우살이 풀 한 포기를 꺼내 씹었다.

"겨우살이입니다. 특히 뽕나무에 기생해 자라는 걸 상기생(桑寄生)이라고 부릅니다."

"겨우살이 풀? 고작 그것으로?"

겨우살이는 이 근방에서 흔하디흔하다. 당장 구북촌의 마을 곳곳에 겨우살이가 보인다.

노인이 소리쳤다.

"헛소리하지 마라! 겨우살이는 독이 없는 풀이라 오히려 독을 해소하는 데 쓰인다!"

"겨울에 채취하는 상기생은 그렇습니다. 하나 봄철에 자라는 상기생은 정반대로 독이 있습니다. 그리고 유독 특정한 상황에서 크게 반응합니다."

노인의 동공이 흔들렸다.

"특정한 상황이란 게 무엇이지?"

염치가 없다는 생각보다도 죽기 전에 대답을 들어야 한다는 욕구가 더 컸다.

"보통의 경우 상기생에 중독되면 벼락을 맞은 것처럼 충격을 받아 얼굴이 창백해지고 피가 돌지 않게 되어 죽습니다. 하지만 풍습(風濕)이 전혀 없는 자가 상기생의 독을 접하면 가슴이 매우 아프다가 심장이 멈춰 죽게 됩니다."

풍습이라는 건 습한 곳에서 살아 습기가 몸에 스며드는 걸 말한다. 사람에 따라 관절이 아프고 어지러우며 열이 나기도 한다.

노인의 표정이 뜨끔해졌다.

노인은 가슴을 붙들고 있는 자신의 손을 내려다보았다.

"지난겨울, 눈이 많이 왔습니다. 그러니까 어지간한 사람들은 상기생의 독에 중독되어도 가슴의 통증을 거의 느끼지 못합니다."

진자강이 말을 이었다.

"즉, 당신이 가슴을 부여잡고 있는 건 심장의 통증이 심하다는 뜻이고, 습기가 없이 건조한 곳에서 오래 살았다는 뜻입니다."

노인은 고개를 확 돌렸다.

혹시나 싶어 확인한 것이었는데, 역시나였다. 일반 관병으로 위장한 자들 중에 가슴을 붙들고 죽은 자는 거의 보이지 않았다.

저들은 어중이떠중이로 돌아다니던 화적 떼들을 섭외해 온 것이다. 자신의 상태완 확연히 다른 티가 났다.

노인의 눈가가 푹 패었다. 이젠 아니라고 부인할 힘도 없었다.

"흐, 흐흐. 겨우 상기생 따위로…… 거기까지 알아냈

니…… 이 정도면 노부도 할 말이 없지."

다리가 부들부들 떨렸다. 아직까지 서 있는 것도 기적이었다.

진자강이 말했다.

"어지간한 자들은 반 각도 넘기기 힘들었을 텐데, 일각을 넘게 버텼군요. 이제 가실 때가 됐습니다."

"후."

노인은 마지막 힘을 다해 자신의 골반과 엉덩이 관절 쪽을 손가락으로 찔러 점혈했다. 두 다리가 뻣뻣해져서 무릎을 꿇지 않게 됐다.

"나 잔혼도(殘魂刀)가 이런 꼴로 최후를 맞게 될 줄이야……."

노인은 독단을 물지 않았다. 그러나 고수답게 스스로 내공을 끌어 올려 자결했다.

팍!

노인의 머리에서 호박 터지는 소리가 나며 눈에 순식간에 핏물이 차올랐다. 노인의 콧구멍에서 녹아 버린 뇌수가 찐득한 피와 섞여 수염을 타고 흘러내렸다.

선 채로 죽은 것이다.

진자강은 잠시 노인을 바라보았다.

노인은 상당한 고수였다. 아마도 제갈손기와 비슷하거나

한 수 정도는 더 앞서 있는 듯했다.

그러나 진자강은 노인에게 그리 위압감을 느끼지 못했다. 이미 진자강이 노인보다 훨씬 더 윗줄에 선 때문이다.

위에서 아래로 내려다보듯, 진자강은 어느새 그만한 위치에 오르게 된 것이다.

진자강은 몸을 돌려 뒤를 보았다.

더 손을 쓸 필요는 없었다. 장내는 이미 정리되었다.

오른손이 걸레가 된 오태가 손을 싸매고 진자강에게 다가왔다.

"잔혼도, 이름을 들으니 기억났다. 오래전 잠적한 북천의 고수다. 한때 절강에서 다섯 손가락 안에 든다는 얘기도 있었는데……."

오태가 말을 하다 말고 진자강을 빤히 쳐다보았다.

그 말은 진자강이 절강에 가면 다섯 손가락보다 안쪽에 든다는 뜻이 아닌가.

"뭐, 이쪽은 나름 운남 제일 고수니까."

"무슨 소리를 하시는 겁니까?"

"아냐. 혼잣말이야. 그나저나 북천 사파는 정파에 밀려 오래전에 북방으로 쫓겨난 걸로 알려져 있었는데, 언제 강호에 들어온 거지?"

"북방이 아니라 서쪽의 사막에 있었던 것 같습니다. 습기가 없이 건조한 데라면 청해, 감숙성, 산서성에 연결된 서쪽 사막밖에 없습니다."

"그럼 상기생의 얘기가 진짜라는 거냐?"

"진짭니다."

"하지만 사막은 넓다. 상상하기 어려울 만큼 넓지. 더구나 사방팔방이 모두 똑같다. 어딜 봐도 모래 천지인데, 바람이 불면 지형의 모습이 변해서 익숙하지 않은 자들은 길을 헤매다 죽는 곳이지."

"이 정보만으로 찾긴 어렵겠군요."

"게다가 최악의 경우 북천이 서장 마교와 손을 잡았을 경우도 생각하지 않을 수 없다."

오태가 아쉽다는 듯 말했다.

"이왕이면 살려서 고문하지."

"고문에 입을 열 것 같지 않았습니다."

한 명은 스스로 독단을 물었고, 관병 대장으로 위장한 노인은 아직 죽지 않은 자의 목을 쳐서 입을 막았다. 고문을 한다고 입을 열 자들이 아니다.

"그렇긴 하다만."

그제야 진자강이 오태를 보고 물었다.

"손은 괜찮으십니까?"

오태가 어이없어했다.

"참 빨리도 물어본다. 이게 괜찮아 보이느냐?"

"동정하지 말라고 하셨잖습니까."

"동정은 동정이고 사람이 아프냐는 말 한 마디도 안하……."

오태가 말하다 말고 입을 다물었다.

좀 전에 잔혼도랑 설전을 벌이는 걸 보니까 입담이 보통이 아니었다. 말을 더 해 봐야 자신만 손해였다.

상황이 정리되고 오태는 잡힌 자들을 고문했다.

그러나 딱히 나온 정보가 없었다.

그들은 단순한 고용인들이었다. 돈을 많이 준다고 해서 참여했을 뿐, 아무것도 몰랐다.

오태는 그들의 목을 잘라 제사상에 올리고, 죽은 구북촌 방도들의 넋을 위로했다.

"남은 우리로서는 잔혼도를 졸개로 부리는 자들을 상대할 수 없다. 남아 있어 봐야 하루아침에 몰살이나 당할 뿐이겠지."

오태는 구북촌을 해산하고 떠나기로 했다. 하오문의 도움을 받는다 해도 잔혼도 이상의 고수들이 오면 어차피 죽는 건 자신들이었다.

"그동안 흑시를 운영해 왔던 것이 아깝지 않습니까?"

진자강의 물음에 오태가 웃었다.

"흑시는 금지된 욕망을 먹고 산다. 사람이 있는 한, 흑시는 사라지지 않아."

"그렇군요."

"뭐, 그리고 이왕 일이 이렇게 됐으니 내 노후 대책까지 꺼내야겠군."

오태가 아깝다는 투로 투덜거리며 말했다.

"중경으로 가라."

중경은 사천과 호광을 잇는 지역이었다. 특히나 호광성은 무당파를 비롯해 난다 긴다 하는 명문 문파들이 잔뜩 자리하고 있다. 호랑이 굴 바로 앞에서 한 발을 내밀고 있게 되는 것과 마찬가지다.

"장물이 중경으로 갔습니까?"

"무림 문파와 관련된 장물은 거의 대부분 거기서 처리된다."

"중경은 생소하군요."

"걱정할 거 없어. 거기에도 하오문이 있으니까. 그리고 가장 중요한 건."

오태가 잠시 말을 끊었다가 물었다.

"내가 투전에서 구 할의 승리를 장담할 수 있다고 했을 게야. 나머지 일 할이 뭐라고 했지?"

"패에 달려 있다고 했습니다."

오태가 말했다.

"하오문에서 중경에 오래전부터 작업을 해 놨다. 흐흐흐."

오태의 자신만만한 말투에 진자강은 다시 한번 감사의 마음을 느꼈다. 지금 입고 있는 옷도 그렇지만 그는 유난히 진자강에게 신경을 많이 써 주고 있었다.

"감사합니다. 많은 도움을 받았습니다."

"우릴 살려 줬잖아. 네가 도박을 배운다고 여기서 머물지 않았다면 우린 이미 다 시체가 되어 있었을 거다. 그거면 됐지, 세상에 자기 모가지보다 중요한 게 어딨어. 대충 서로 거래한 셈 치자고."

오태는 붕대를 감은 손을 들고 껄껄 웃으며 말했다.

"짧다면 짧고, 길다면 긴 시간이었구만. 그럼 얼른 가라. 더 있어도 줄 게 없어. 그래도 남겠다고 하면 거지 똥구멍에서 콩나물 빼먹는 놈이라고 욕할 거야."

진자강은 자기도 모르게 미소를 지었다.

"그동안 신세 많았습니다."

오태는 진자강을 밀어냈다.

"다신 안 볼 것처럼 인사할 필요 없다. 회자정리 거자필반(會者定離 去者必返). 하오문은 강호 어디에든 있다. 언제든 다시 만나게 될 게야. 하물며 난 아직 은퇴할 생각도 없으니까 말이야."

회자정리 거자필반.

만남이 있으면 헤어짐도 있되, 헤어진다 해도 만나야 할 사람은 반드시 만나게 된다.

진자강은 자신을 배웅하는 오태와 구북촌의 방도들에게 포권하곤 곧바로 길을 떠났다.

第五章

정견(正見)

쏴아아.

봄비가 떨어지는 어두운 밤.

당청은 도롱이에 갈의를 걸치고 당가대원을 나왔다.

좀처럼 장원을 벗어나는 일이 없는 당청으로서는 이례적
인 나들이였다.

당가대원을 벗어난 순간 당청의 몸이 순식간에 사라졌
다.

훅.

당청은 민강을 따라 고속 경공으로 이동했다. 한 시진 만에 하류까지 내려가 도착한 곳은 다 무너져 가는 관제묘였다.

당청이 관제묘의 문에 걸린 거적을 들치고 들어가자, 이미 그 안에는 다섯 명의 인물이 있었다.

타닥, 타닥.

바닥에서는 모닥불이 타고 다섯 인물은 그 주위에 서 있었다. 다섯 모두 백발이 성성한 노인이었는데 그중 한 명은 면사로 입을 가린 여인이었다.

다소 평범한 노인들로 보였으나, 그들의 면면을 안다면 아무도 그런 말을 하지 못할 터였다.

각각이 강호에서 최고로 꼽는 독문의 대표들이다. 즉, 이 작은 관제묘에서 독문의 비밀 회합이 열린 것이다.

한 명이 거칠고 낮은 소리로 말했다.

"가까운 데 있는 사람이 항상 지각이라니까."

다른 이가 맞장구를 쳤다.

"그러게. 다음부터는 광동쯤에서라도 보는 게 낫겠어."

당청이 퉁명스럽게 대꾸하며 모닥불에 함께 둘러섰다.

"내가 이 중에서 가장 바쁜 몸이라는 걸 잊지 않아 줬으면 좋겠군?"

면사의 여인이 말했다.

"염왕의 일 처리가 꼼꼼하다는 건 세상이 다 아는 일이지."

염왕 당청은 최근에 여러 가지 실수를 했다. 좋은 뜻으로 말한 게 아니다. 바쁘다면서 꼼꼼하지 못하다고 역설적으로 비꼰 것이다.

당청이 가시 돋친 투로 대꾸했다.

"무슨 얘기를 하고 싶은 건데?"

"무림총연맹과 왜 척을 졌지?"

"아직 탈퇴한 것도 아닌데 걱정할 것 없어."

"하지만 대업을 얼마 남기지 않고 너무 눈에 띄는 행동을 한 거 아닌가? 그러다 의심을 받으면 어쩌려고 그러지?"

당청이 찢어진 입을 벌리고 말했다.

"요즘 남궁세가니 뭐니 해서 무림총연맹의 주도권을 쥐려고 너도나도 나서는 거 몰라? 이럴 때 끼어야 오히려 눈에 덜 띄어."

"흥, 일이 잘못되면 그 책임은 당가에 있다는 걸 잊지 말고."

가운데에 선 장신의 노인이 점잖은 목소리로 말했다.

"사실, 그 외에도 우려되는 게 한두 가지가 아닐세."

"나를 추궁하러 온 것 같은 분위기군. 이왕 만난 김에 그 한두 가지가 뭔지 다 말해 봐."

"밤은 길어. 그건 차근차근 얘기하기로 하고, 우선 하나만 양해를 구함세."

"양해?"

"독룡."

당청이 혼잣말을 하듯 물었다.

"독룡이…… 우리 자리에서 논의될 만큼 대단하다는 뜻인가?"

유독 평범한 복장에 평범하게 생긴 노인이 말했다.

"독룡이 우리 일에 너무 깊이 관여하고 있어. 놈의 행동이 자꾸만 변수를 만들어. 그건 아주 달갑지 않은 일이야. 아미파와 사이가 벌어진 것도 독룡 탓이라는 얘기가 나왔어. 그리고 금강천검이 돌아서는 데에도 일조를 한 모양이더군."

다른 노인이 말했다.

"그건 망료란 놈이 한 짓이지."

"망료는 독룡과 연관되어 있고."

당청이 둘의 말싸움에 끼어들어 말했다.

"독룡은 내 손녀사위야. 게다가 손녀는 독룡의 씨까지 잉태했어."

"그러니까 양해를 구하는 거지. 당가가 독문의 수장 가문이라는 걸 존중해서."

다른 노인이 말했다.

"말해 봐. 독룡이 자네 사람인지 아닌지."

당청은 쉬이 대답을 못 하였다.

당하란이 인질처럼 와 있다고 해서 독룡이 당가의 편이라 할 수 있을까. 엄밀히 얘기하자면 오히려 원수에 가깝지 않은가.

당청이 대답하지 못하고 있자 면사의 여인이 말을 내뱉었다.

"확답을 못 하는군. 그럼 결론은 나온 것 아닌가?"

다른 노인들이 일제히 말했다.

"나왔군."

"나왔어."

당청은 표정 변화 없이 말했다.

"독룡은 생각이 비범하고 독특해. 무공이 뛰어나도 정상적인 사고를 하는 자로는 독룡을 잡을 수 없어. 그리고 당연한 얘기겠지만 독룡에게는 어지간한 독이 통하지 않아."

평범하게 생긴 노인이 나섰다.

"듣고 보니 우리 쪽에 독룡을 잡기 딱 적합한 친구가 있군."

나머지 세 사람이 인정했다.

"위촉(委囑)."

"동의."

"동의."

당청도 별수 없이 동의했다.

평범하게 생긴 노인이 고개를 끄덕였다.

"흘흘. 뭐…… 그럼 이번은 우리 나살돈(癩薩墩)에서 맡음세. 바로 작업하도록 하겠네."

나살돈은 나병에 걸린 자들이 모여 만든 독문 일파다. 버려진 돈대에서 모여 살다가 생겨났기에 문이나 파, 곡 등의 일반적인 이름이 아니라 나살돈이라는 특이한 명칭으로 불리게 되었다.

당청을 제외한 나머지 넷이 소매에서 돈주머니를 꺼내 나살돈주에게 주었다. 나살돈주가 그중 하나를 따로 떼어 당청에게 주었다.

오간 돈은 일을 맡긴 데 대한 대가. 그리고 당청에게 주어진 건 독룡이 반은 당가의 사람이기에 전해진 위로금이다.

장신의 노인이 말했다.

"자, 그럼 독룡 문제는 끝났고…… 본론으로 넘어가세나."

*　　　*　　　*

진자강은 귀주를 통해 중경으로 향했다. 광서를 통해 우회하고 싶었으나 시간을 단축하는 게 더 중요했다. 관도든 산길이든 개의치 않았다.

진자강은 산을 넘다가 노숙을 위해 자리를 잡았다. 평소라면 땅을 파고들어 가든가 덤불에 숨었을 테지만, 오태가 선물해 준 새 옷을 입고 있어서 아무래도 그렇게까지 하기는 불편했다.

대신 무공이 늘었으므로 나무 위로 올라갔다. 거의 서너 길 정도 되는 높이의 나무로 올라가 나뭇가지를 엮고 그 위에 누웠다.

전 마을에서 구입한 육포를 뜯으며 잠들기 전 잠시 생각에 잠겼다.

중경에서 어떤 식으로 장물을 찾아야 할까.

중경은 서부의 구릉을 제외한 삼면이 높은 산으로 둘러싸여 있어 몸을 피하기에 유리할 뿐 아니라, 사천과 호광을 오가는 길목이라 길이 험한데도 불구하고 늘 오가는 유동 인구가 많다. 그것이 장물이 유통되는 이유일 것이다.

진자강이 계속해서 생각을 하고 있는데 돌연 인기척이 느껴졌다.

몰래 다가오는 기척이 아니었다. 대놓고 두런두런 얘기를 나누며 오고 있었다.

진자강의 또래로 보이는 젊은 남자 둘과 여자 하나.

"귀주 쪽을 이동할 때에는 각별히 조심해야 돼. 마교의 잔당이 남아 있을 수도 있으니까."

"맞아. 아직 귀주 지부가 복구되지 않아서 산적이며 온갖 불온한 무리들이 판을 친다고 하더군."

"중경에 가면 운남의 상황을 정리해서 서신으로 맹에 보내야겠어요."

이남 일녀는 멀리서도 들릴 정도로 떠들더니 진자강이 있는 나무 밑에 자리를 잡기 시작했다.

진자강은 숨을 죽이고 지켜보며 그들이 하는 말을 가만히 들었다.

모닥불을 피우면서도 그들의 말은 계속되었다.

"그런데 독룡이 왜 과거의 흔적들을 찾고 다녔을까요?"

"글쎄. 이제야 제정신이 든 게 아닐까?"

"그는 강호에 출도한 직후 갑자기 실력이 폭증했어. 아마도 주화입마에 가까운 상태에서 살육을 저지르고 다녔을지도 몰라. 정신이 들고 나니 후회가 되었을 수도 있지."

남자 한 명이 아쉬운 목소리로 말했다.

"아아, 이번 임무에서 독룡을 발견하지 못한 건 정말 아쉬웠어. 공훈을 쌓을 좋은 기회였는데. 지난번 영산노괴를 잡고 나서 거물이 걸리지 않는단 말야."

"쾌룡과 묵룡도 독룡에게 쓰러졌어요. 삼룡사봉 중에 셋이나 독룡의 손에 죽었다고요. 오라버니라고 해도 독룡을 함부로 무시하면 안 돼요."

"민 매야말로 나를 무시하는군! 가문에서 어리광이나 부리며 곱게 자란 화초들과 나를 비교하는 거야?"

남자가 자리에서 벌떡 일어나 자세를 잡더니 허공에 몇 번의 주먹질을 했다.

"독룡의 독 따위, 내 양공(陽功) 앞에서는 무용지물이지!"

펑! 퍼퍼펑!

강한 기류가 일어나며 공중에서 폭음이 여러 번 울렸다.

파스스스.

주변에 있는 나무들이 나뭇잎을 떨어 댔다. 입은 가벼웠지만 실력은 제법 있었다.

"오라버니의 종남무적권은 언제 봐도 일품이에요."

여자의 말에 다른 남자가 몸을 일으켰다.

"아냐. 너무 무겁기만 하고 변화가 없잖아. 강한 것은 부러지기 마련이고, 부드러운 것은 늘 강한 것을 제압한다."

하얀 도복을 입은 남자가 마보를 딛고 양손을 들더니 부드러운 파도처럼 손짓을 펼쳤다. 파리 하나 잡지 못할 것 같은 움직임이었으나 놀랍게도 그 안에서 깊은 현묘함이 느껴졌다.

"유능제강(柔能制剛)! 역시 무당파네요."

그러자 여자도 일어났다.

"그렇다면 우리 화산의 검도 빠질 수 없죠!"

여자는 검을 뽑아 쾌속하게 초식을 펼쳐 보였다. 예리함 속에 은은한 기품이 있고, 기품 속에 당당한 기운이 서렸다.

세 사람이 서로 어울리며 초식을 겨루었다. 간혹 한마디씩 조언을 주기도 하고 감탄도 했다. 그 모습이 굉장히 좋아 보였다.

그런데 그때.

진자강으로서는 당혹스럽게도 하늘로 검을 치켜들던 여자와 진자강의 눈이 마주쳤다.

"어?"

잠깐 멍하던 여자가 사납게 소리쳤다.

"웬 놈이냐!"

동시에 하얀 도복을 입은 무당파의 제자가 번개처럼 손바닥으로 진자강이 있는 나무를 쳤다.

두웅!

파괴적인 소음은 전혀 없이 진동이 기둥을 타고 올라왔다. 진자강이 누워 있는 나뭇가지 쪽만 크게 휘청거리며 흔들렸다. 진자강은 버티려다가 생각을 바꿔 아래로 뛰어내렸다.

쿵.

진자강이 무거운 소리를 내며 착지하자, 세 사람의 눈빛이 바로 경계에서 안심으로 바뀌었다. 하수라고 생각한 것이다.

겨우 이 정도의 속임수에 안심하는 표정을 짓는 걸 보고 진자강은 속으로 혀를 찰 수밖에 없었다.

세 사람이 바로 진자강을 에워쌌다.

"뭐하는 놈인데 우리의 말을 엿듣고 있었느냐!"

"똑바로 이실직고하지 않으면 혼을 내주겠다!"

분명 협박의 말인데도 왠지 이제껏 들어왔던 무시무시한 협박들에 비하면 귀여울 정도였다.

진자강은 하마터면 웃을 뻔했다. 무공은 굉장한 수준인데 하는 말투나 행동은 너무 어리다는 생각이 들었다. 진자강의 또래, 혹은 서너 살은 더 많은 것 같은데도 말이다.

진자강이 딱히 위협적인 행동을 하거나 필요 이상으로 긴장하지 않자, 무당파의 제자가 손을 내리고 말했다.

"무량수불. 본인은 무당의 제자인 영운이라고 하오. 보아하니 남의 말을 몰래 들을 만한 분으로는 보이지 않는데 어째서 그런 곳에 몸을 숨기고 있었던 것이오?"

진자강은 준수한 옷을 입고 살까지 하여서 얼핏 부잣집 자제처럼 보인다. 남의 눈을 피하기 위해 얼굴에 흙칠을 하거나 하지도 않아서 의외로 의심이 가는 구석이 없다.

진자강은 포권을 하며 정중히 사과했다.

"엿들을 생각은 없었습니다만, 모르는 사람들이라 경계심이 들었습니다. 사과드리겠습니다."

진자강의 변명에 세 사람은 금세 고개를 끄덕였다.

"아아, 그래요? 우리가 너무 과하게 반응했나 보네."

"그렇지. 귀주는 아무래도 위험하니까."

진자강은 잠깐 묘한 기분이 들었다.

명문정파의 제자라는 자신감인가 아니면 강호 경험이 없는 멋모르는 애송이들의 방심인가.

물론 그 둘 다일 수도 있다. 하지만 어쩌면 이게 정상인지도 모른다.

진자강이 이제껏 살아온 세계가 너무 달랐을 뿐이다.

세 사람이 무기를 거두고 자신들을 소개했다.

"우리는 무림총연맹의 묘랑대(妙郞隊) 소속이고⋯⋯."

여자는 화산파의 제자 소민, 권법을 장기로 썼던 남자는 종남파의 표상국이었다. 영운과 표상국은 진자강보다 몇 살이 많고 소민은 한 살이 더 어렸다.

진자강은 자신을 구북촌에서 온 진가라고 소개했다. 중경으로 간다고 했더니 세 사람도 좋아했다. 진자강으로서는 그들이 왜 좋아하는지 알 수가 없었다.

표상국이 진자강을 모닥불로 안내했다.

"자, 이것도 인연이니까 진 형! 이쪽으로 와 앉으시오."

"고맙습니다."

절룩, 절룩.

진자강이 살짝 다리를 절면서 모닥불로 가는 모습을 세 사람이 확실히 보았다.

표상국의 표정이 변했다.

"진 형…… 다리를 저는 거요?"

표상국과 영운, 소민이 진자강을 가만히 바라보았다.

그런데 그들의 눈빛은 진자강의 생각과는 전혀 다른 느낌을 담고 있었다.

안타까워하는 표정이었다.

"저런…… 뛰어내릴 때 발목을 접질렸나 보오."

"진 형이 우리 때문에 놀라서 그랬구려. 미안합니다."

소민은 도와주겠다는 말까지 했다.

"내가 침술을 좀 하는데 봐 드릴까요?"

진자강은 거절했다.

"괜찮습니다."

표상국이 소민을 타박했다.

"민 매는 너무 부끄러움을 몰라. 진 형은 우리 같은 강호인이 아니라서 남녀가 함부로 살을 맞대는 걸 어려워한다고."

소민이 입술을 삐죽 내밀었다.

"진 소협이 강호인이 아닌 걸 표 오라버니가 어찌 알아요?"

"우리 묘랑대를 모르는 눈치인 걸 몰랐어? 그리고 어지간한 사람이면 영운 형님의 도명을 듣고도 무덤덤할 수가 없지. 무술을 조금 한다고 해도 영운 형님을 모른다는 건, 강호에서 활동하지 않았다는 뜻이야."

표상국이 진자강에게 말했다.

"말이 나온 김에, 묘랑대는 우리처럼 문파의 젊은 제자들로 꾸려진 조직이고 여기 영운 형님은 그중에서 사호삼황(四虎三鳳)으로 불리는 실력자시지."

무림 세가 쪽에 삼룡사봉이 있다면 무림 문파 쪽에는 사호삼황이 있다. 무림 문파와 세가는 늘 경쟁적인 관계였는데 해월 진인의 때에 오면서 그런 양상이 더욱 극심해졌다. 후기지수들 중에 뛰어난 이들을 부르는 용호봉황이란 말조차 서로 나누어 가질 정도였다.

어쨌거나 사호삼황이라고 하면 무림 문파의 후기지수들 중에서 손꼽는 실력이란 뜻이다.

하지만 표상국은 진자강이 사호삼황의 얘기를 듣고도 여전히 무덤덤하자 어색함을 털기 위해 말을 돌렸다.

"뭐, 그럼. 자자, 추운데 얼른 오시오."

모닥불에 둘러앉고 나서도 세 사람은 계속 여러 가지 화제에 대해 토론을 주고받으며 얘기를 했다.

진자강이 나무 위에 있으나 아래에 있으나 하는 얘기는 별반 달라지지 않았다.

진자강은 계속 의아했다.

왜 이들의 얼굴에서는 그늘이 보이지 않는가.

자신감과 여유가 몸에 뱄다.

진자강은 불현듯 곽오가 생각날 수밖에 없었다.

백화절곡을 배신하고 지독문에서 허드렛일이나 하고 있던 곽오.

곽오는 지금 진자강이 보는 저런 모습을 꿈꾸고 있었다.

또래의 후기지수들과 밤새도록 토론하고 함께 강호를 질타하는 꿈.

그 꿈이 바로 저런 모습일 터였다.

하지만 진자강은 이제 안다.

백화절곡의 무공으로는 저 틈에 낄 수 없다. 저들의 무공은 매우 깊이가 있는 명문정파의 그것이었다. 친구가 되는 일은 가능하겠지만, 무학을 논하고 무공을 겨룰 수는 없다.

애초에 가지고 있는 건 물론이고 태어난 환경이 너무 다르다. 명문정파는 아무나 받아들이지 않는다. 자질을 보고 제자로 받는다.

과연 곽오의 계획이 성공했다 하더라도 곽오가 저들 틈에 끼어서 자신의 꿈을 이룰 수 있었을까.

그냥 백화절곡에서 아무것도 모르고 약초를 키우며 살았다면 훨씬 더 행복하지 않았을까.

진자강은 조금은 서글퍼져서 쓰디쓴 미소를 지었다.

소민이 무심코 진자강을 보았다가 안쓰러운 표정이 되었다.

"진 소협, 안 좋은 일이 있으신가 봐요."

표상국이 호탕하게 말했다.

"까짓것, 힘든 일이 있어도 남자답게 다 털어 버리시오. 진 형이 그렇게 수심에 찬 얼굴로 다니면 우리 민 매를 포함해 온 세상 소저들이 진 형에게 다 반해서 우리는 어쩌란 말이오?"

소민이 얼굴을 붉히며 외쳤다.

"아이 참, 내가 그래서 그런 거 아니거든요?"

영운도 크게 웃었다.

"뭐 어떠냐. 강호인이 민간의 예법에 너무 연연할 필요 없단다."

"아까는 너무 민간의 예법을 모른다고 혼냈잖아요!"

"그건 내가 아니라 표 아우가……."

"몰라요!"

소민이 짐짓 삐친 투로 고개를 돌리자 영운과 표상국이 웃으면서 소민을 달랬다.

그런데 소민은 또 금세 아무렇지 않은 듯 진자강을 보며 묻는다.

"아 참, 구북촌에서 오셨다고 했죠?"

"네."

"혹시 거기서 저희 대사형 보셨나요?"

"누굴 말씀하시는지 잘 모르겠습니다만."

"이름은 문평이고요. 키가 크고 눈 옆에 점이 있는데……."

소민이 문평의 인상착의를 설명했지만 진자강이 모르는 이였다.

"도대체 어디로 사라진 거지, 대사형은……."

영운이 달랬다.

"너무 걱정 마라. 문평 대협은 어디서 쉽게 당할 분이 아니야."

"그랬으면 좋겠네요."

이후에도 세 사람은 강호의 정세에 대해 얘기를 나눴다. 진자강으로서는 명문정파의 입장에서 보는 시각을 알 수 있게 되어 지루하지 않은 시간이었다.

세 사람은 번갈아 가며 불침번을 서고, 한 시진 정도의 짧은 잠을 잤다. 새벽의 운기조식만으로 몸의 상태를 끌어 올렸다. 물론 진자강은 자는 척하고 있었지만 뜬눈으로 밤을 샜다. 자신은 저들처럼 마음 놓고 잘 수 있는 입장이 아니었다.

진자강은 이튿날 바로 이들과 헤어지려 했으나, 오히려 세 사람이 진자강을 붙들었다.

"진 형, 여기는 위험합니다. 귀주를 벗어날 때까지는 저희와 함께 있는 게 좋아요."

"제가 걸음이 느려서 세 분께 방해가 될 겁니다."

"에이, 괜찮으니까 사양하지 마시오. 중경에 도착하면 여독을 풀면서 술잔이라도 같이 나눕시다."

진자강은 일부러 살짝 차갑게 말을 내뱉었다.

"세 분이 왜 내게 이렇게 잘해 주려는지 모르겠습니다."

영운이 부드럽게 웃으며 말했다.

"진 형의 다리를 그렇게 만든 게 우린데 어찌 모른 척할 수가 있겠소. 만일 이대로 진 형을 보냈다가 잘못되기라고 한다면 우리로서는 큰 잘못을 저지르는 셈이 될 거요."

고지식할 정도로 정파의 냄새가 난다.

오태가 말하지 않았는가. 맹주 해월 진인도 예전에는 매우 고지식한 도사였다고.

그런데 어째서 이런 이들이 나이가 들어 그렇게 변하는 걸까.

진자강은 확실히 해 둘 필요가 있다 판단하고 진지하게 말했다.

"그것은 내가 이해하기 어려운 말입니다. 솔직히 말해서, 나는 여러 사람으로부터 무당파의 해월 진인께서 협의를 잃고 그릇된 일을 한다고 들었습니다. 그런데 한낱 내가 다리를 저는 것만으로 나를 책임지겠다는 겁니까?"

표상국이 놀라 말렸다.

"진 형! 그건 말이 심하오."

영운이 고개를 저었다.

"아니, 표 아우. 진 형의 말이 맞아."

영운은 사문의 큰 어른에 대한 험담을 들은 것인데도 진자강에 대해 적의를 보이지 않았다. 영운이 진자강을 보며 말했다.

"솔직히 말해 줘서 고맙소. 그럼 나도 솔직히 대답하겠소. 나 또한 진 형과 같은 의문을 갖고 본 파의 어르신들에게 여쭈었소이다. 사백숙들께선 늘 협과 의를 강조하시는데, 왜 강호에는 협의보다 돈이 우선되고 이익이 우선되고 있느냐고."

영운이 잠시 말을 끊었다가 이었다.

"무림총연맹의 행사에 적극적으로 참여하면 그에 따른 보상으로 추가적인 이권을 보장받소. 공훈을 세우면 보상은 금전으로 지급되지. 그렇게 얻은 금전과 이권 사업을 다시 맹에 기탁하면 맹의 조직에서 합당한 자리를 얻을 수 있게 되오."

그래서 표상국이 독룡을 잡아서 공훈을 세워야 한다고 운운했던 모양이었다.

"돈으로 자리를 산단 뜻입니까?"

"맞소. 그러다 보니 나도 진 형처럼 혼란을 겪었소. 이 같은 순환은 언뜻 합리적으로 보이나, 협행의 보상이 금전이 됨으로써 불가피하게 목적의 선후가 뒤바뀔 수 있게 되니 말이오."

영운이 진자강에게 물었다.

"진 형은 정견(正見)이라는 말을 아오?"

"모릅니다."

"세상의 이치를 깨닫고 사물의 진정한 상을 있는 그대로 바라볼 수 있는 견해를 말한다오."

진자강은 영운의 말을 경청했다.

"내가 그 같은 일을 여쭈었을 때, 사백숙들이 이리 말하셨소이다. 정견을 가져라. 그리하면 어떤 상황에서든 흔들리지 않을 것이다. 나는 그 이후로 정견을 갖기 위해 부단한 노력을 해 왔소이다. 그리고 깨닫게 되었지."

"무얼 말입니까?"

"사백숙들께서도 정견을 갖지 못하시어 매일 그리도 싸우시는구나. 정견이란 게 굉장히 어려운 거로구나 하고."

진자강은 갑자기 무슨 소리인가 했는데 옆에서 표상국와 소민이 웃음을 터뜨렸다.

"픕!"

"푸하핫. 내 그럴 줄 알았어. 그래야 영운 형님이지. 진형, 이게 영운 형님 식의 농담이오."

"농담이라고요?"

"진 형은 참으로 진지한 사람이구려. 농담이지만 뭐랄까, 안에 뼈가 있달까? 그런 화법이외다. 도사들이 다 그렇지만서도."

"이해했습니다."

진자강은 정견이란 말을 입에서 되새겼다. 농담이지만 농담이 아니다. 영운 역시 해월 진인이 만들어 낸 지금의 체계를 불합리하다 보고 있는 것이다.

어려워하고 혼란스러워하고 있다. 심지어는 해월 진인을 배출해 낸 무당파의 내부에서조차.

그것이 의미하는 건 무엇일까.

진자강은 정견을 몇 번이나 되뇌었다. 약문과 독문에 얽힌 비사를 알아내려면 진자강에게도 정견이 필요할지 모른다.

표상국이 진지해져 가는 분위기를 바꿨다.

"뭐, 정견을 갖지 못한 우리로서야 정견이 생기기 전까지는 윗분들이 시키는 대로 어쩔 수 없이 따를 수밖에."

소민이 핏 하고 웃으며 되물었다.

"생기면 말을 안 따를 자신은 있고요?"

"그건 그때 가서 봐야지. 지금은 정견이 없어서 올바른 대답을 못 한다고."

"와…… 표 오라버니 너스레는 진짜……."

영운이 진자강을 보며 말했다.

"그러니 그 어려운 정견은 나중에 찾도록 하고, 지금은 우리의 호의를 거절하지 말아 주시오. 안전하다 생각되면 안 간대도 보내 주겠소이다."

이렇게까지 나오는데 진자강이 거절할 수 있을 리 없었다. 그러나 이것이 과연 진자강에게 좋은 일인지는 알 수 없었다.

진자강은 가벼운 포권으로 마음을 표현했다.

"감사합니다."

＊　　　＊　　　＊

하나, 채 이틀이 지나지 않아서 진자강은 바로 불편함을 느끼게 되었다.

"……."

진자강은 세 사람과 함께 산중을 걸어가다가 좋지 않은 기운을 감지했다.

정확히 말할 수 없는 불길한 느낌이 피부에 와 닿았다.

진자강은 한참이나 이 느낌을 곱씹은 후에야 깨달았다.

'살기다.'

날카로운 살기가 아니라 밀물 때의 바닷바람처럼 끈적하고 눅눅한 느낌의 살기였다. 세 사람은 아직 알아채지 못할 정도로 미묘한 살기다.

진자강은 드러내지 않고 신경을 곤두세우며 걸었다.

아니나 다를까.

오래지 않아 앞쪽에 갈림길이 나타났다.

그런데 한쪽 갈림길에서 진한 피비린내가 풍겨 왔다. 진자강이 말하지 않아도 그때는 세 사람 역시 냄새를 맡았다.

"오라버니!"

"알아. 나도 느꼈다."

영운이 곧바로 걸음을 멈췄다. 표상국이 지도를 꺼내 펼쳤다. 원래 이들이 가야 할 길인 왼쪽에서 피비린내가 풍겨 오고 있었다.

진자강은 당연히 돌아갈 거라고 생각했다. 그러나 세 사람은 달랐다.

"진 형은 혹시 모르니 여기 있으십시오. 아무래도 이 앞쪽에서 좋지 않은 일이 생긴 것 같소이다."

대놓고 위험한 느낌이 풀풀 나는 곳에 대놓고 들어간다고?

게다가 진자강은 피비린내 속에서 또 다른 비린내를 맡았다.

독이다. 독의 미약한 비린내를 감추기 위해 피를 이용한 게 틀림없었다.

"민 매는 진 형을 돌보고 있어. 우리 둘이 다녀오도록 하지."

"알았어요."

진자강이 말렸다.

"가지 않는 게 좋겠습니다."

표상국이 말했다.

"우리의 도움을 필요로 하는 사람들이 있을지도 모르오. 위험하다고 피하는 건 종남의 제자로서 할 일이 아니지."

영운과 표상국은 진자강의 만류에도 불구하고 바로 경공으로 몸을 띄워 달렸다.

소민이 진자강을 안심시켰다.

"염려 말아요. 두 오라버니가 갔으니 잘 해결될 거예요."

그러나 진자강은 안심할 수 없었다. 둘이 달려간 후에도 바닷바람 같은 눅눅한 살기가 사라지지 않았다. 살기가 두 사람을 따라가지 않은 것이다.

第六章

독무(毒霧)

　진자강이 느끼는 이 살기의 의미는 무엇일까.

　영운과 표상국을 따라가지 않았다는 건, 처음부터 진자강을 노리고 있었다는 뜻인가? 그렇다면 아까의 피비린내는 영운과 표상국을 유인하기 위함인가?

　소민이 진자강을 향해 나지막이 말했다.

　"이 주변에도 누군가 있나 봐요. 살기가 느껴지는 걸 보니 좋은 뜻으로 지켜보는 건 아닌 것 같아요. 혹시 싸움이 시작되면 진 소협은 뒤로 빠져 계세요."

　화산파라는 거대 문파의 제자라 그런지 소민도 보통내기는 아니었다. 진자강보다는 다소 늦었지만 살기를 감지했다.

서서히 살기가 강해졌다.

'하나가 아니었어?'

살기가 여러 군데에서 나오고 있었다. 그런데 묘하게도 살기의 느낌은 모두 같다. 마치 한 명이 여러 군데에서 살기를 동시에 보내는 것 같은 느낌이다.

매우 특이한 상황이었다.

진자강은 살기가 뿜어 나오는 위치를 감지했다. 적이 여러 곳에 있으니 먼저 습격을 하면 유리하다.

그때 소민이 갑자기 앞으로 나가더니 당당하게 외쳤다.

"오라버니들이 없으면 본 소녀가 겁을 먹을 줄 알았나 보지? 누군지 모르겠지만 겁쟁이처럼 숨어 있지 말고 당당히 나와라!"

"……."

진자강은 자신이 살아온 세계가 이들과 다르다는 걸 새삼 자각했다.

싫지는 않았다. 바보 같을지 모르지만 정정당당한 모습이 보기 좋았다. 어찌 보면 청성파의 운정도 이들과 거의 비슷했다.

이것이야말로 명문정파의 제자다운 모습이 아닌가.

하지만 진자강은 숨어 있는 이들의 움직임이 심상치 않다는 걸 깨달았다.

'전면에 한 명, 좌우로도 한 명씩.'

그들이 있는 자리에서부터 서서히 독이 퍼지고 있다. 만약 독이 퍼지고 있는 걸 모른 채 성급히 달려든다면 중독되어 힘든 싸움을 해야 할 것이다.

"나오지 않으면 불순한 의도를 가진 자로 간주하고 손을 쓰겠다!"

소민이 검을 뽑았다.

"진 소협은 멀찌감치 물러나세요. 오라버니들을 따라가셔도 됩니다."

그러더니 성큼 걸어서 수풀 속으로 들어가 버리는 것이었다.

파악!

갑자기 꼬챙이가 튀어나왔다.

소민이 몸을 틀며 검으로 꼬챙이를 받아 냈다.

챙!

전면에서 급습한 자는 복면을 쓰고 개구리처럼 등이 굽어 왜소한 자였는데 보기에도 맞으면 좋지 않을 것 같은 녹슨 꼬챙이를 들고 있었다.

소민과 복면 살수의 공방이 몇 차례 얽혔다.

그 짧은 순간의 동작에도 소민의 검법에서는 깊이가 보인다. 검을 받아 내며 동시에 보법을 밟아 유리한 방향을 선점하고, 어깨선은 전혀 움직이지 않아 다음 수를 읽기 어렵다.

하나 뜻밖에도 복면 살수 역시도 크게 밀리지 않는다. 수비보다는 공격에 치중해서 소민의 반격을 강제로 누르고 있었다.

소민이 소리쳤다.

"흥! 감히 화산의 제자를 습격하다니! 간이 부었구나!"

소민의 말에 복면 살수가 복면을 벗어 던졌다.

모습이 깜짝 놀랄 정도였다. 얼굴에 자잘한 혹들이 튀어나와 있고 코가 들창코처럼 들려 있었으며 안구가 돌출되어 있었다. 게다가 손가락들의 끝마디가 없었다.

진자강이 눈을 가늘게 뜨고 나병 살수를 훑어보았다.

'나병?'

소민이 외쳤다.

"웬 놈이냐!"

"흐흐…… 물…… 깨물…… 어 주마! 나…… 와 가, 같은 얼굴로, 마, 만들어……!"

소민이 흠칫 놀라 몸을 떨었다. 나병 살수가 소민을 거칠게 한쪽으로 몰아붙였다. 소민은 동작이 작아져 수비에 급급해졌다. 조금 더 밀리면 양쪽에 은신해 있는 다른 두 명에게 급습을 당하게 된다.

진자강이 살짝 소리를 높여 소민에게 말했다.

"나병은 물리는 정도로는 옮지 않습니다."

"아! 그래요?"

소민이 힘을 냈다. 나병 살수가 꼬챙이를 거칠게 휘두르며 소리 질렀다.

"오, 온몸을…… 깨, 깨물어…… 줄 거야……! 자, 잘근! 잘근!"

진자강이 다시 말했다.

"그래도 괜찮습니다. 나병은 장기간에 걸쳐 접촉해야 걸릴 정도로 전염력이 낮습니다."

나병 살수가 화를 냈다.

"그, 그만……!"

소민은 좀 힘이 났는지 화산파의 검법을 제대로 펼치기 시작했다. 오행보를 밟아 나병 살수의 옆으로 돌아갔다. 나병 살수가 상체를 따라 돌리느라 몸의 중심이 흐트러지자 즉시 검신으로 원을 그리며 꼬챙이를 밀어냈다.

매화검법(梅花劍法) 신(迅)!

놀랍게도 그 짧은 동작에 다섯 가지의 변화가 있었다. 검을 받으면서 옆으로 꼬챙이를 흘려 상대가 꼬챙이를 회수하게 만들고, 발로 나병 살수의 무릎을 차면서 검신으로 꼬챙이를 두드렸다.

까깡!

나병 살수의 손아귀가 찢어지며 꼬챙이가 튕겨졌다. 나병 살수는 팔을 뻗어 꼬챙이를 잡았다. 그사이에 가슴이 훤히 드러났다.

소민이 손가락을 뻗어 나병 살수의 비어 있는 가슴의 혈도를 찍으려 했다. 싫어하는 기색이 역력했지만 전염되지 않는다는 말에 용기를 낸 것이다.

더 기다릴 수 없었던지 좌우에서 나병 살수 둘이 더 튀어나왔다. 드러난 나병 증상은 각기 달랐지만 체형이나 생김이 서로 비슷했다. 동시에 공격당하고 있던 나병 살수가 소민의 손가락을 물었다.

딱!

소민이 팔을 빼냈지만 소매가 물렸다.

짜 맞추라고 해도 어려울 정도로 다른 두 명이 완벽하게 동시에 소민을 공격했다. 소민은 팔을 빼내려 했지만 나병 살수가 문 소매를 놔주지 않았다.

진자강은 두 명의 나병 살수를 향해 살기를 뿜었다.

내공이 크게 깊어지면서 살기의 농도는 더욱 짙어졌다. 진자강만이 가지고 있는 거친 살기가 좌우의 두 나병 살수에게 쏟아졌다.

막 소민을 공격하던 두 나병 살수의 목덜미에 소름이 돋았다.

패도적인 시살기(視殺氣)와 달리 살기를 넘어선 역설적인 관살기(觀殺氣)다. 죽음이 일상인 나병 살수들조차 몸이 굳었다. 나병 살수들의 눈동자에 일순간 죽음에 대한 공포가 생겨났다. 그 짧은 빈틈이 둘의 완벽한 합공에 틈을 만들었다.

소민은 자신의 소매를 검으로 자르면서 뛰어올라 다리를 벌려 원앙각(鴛鴦脚)으로 양쪽 나병 살수의 턱과 얼굴을 걷어차고, 앞에서 소매를 물고 있던 나병 살수의 가슴을 빈손으로 후려쳤다.

퍽!

가슴을 얻어맞은 나병 살수가 바닥으로 나동그라지면서 뒤로 굴렀다. 양쪽의 나병 살수도 나가떨어졌다가 자세를 잡곤 놀란 듯 고개를 뒤흔들었다.

"어떠냐! 본 소녀의 솜씨가!"

소민이 외다리로 서서 매화검법의 고고한 자세를 취하며 의기양양하게 외쳤다. 그러다 갑자기 기침을 했다.

"콜록?"

입가에 피가 맺혔다. 나병 살수들이 미리 주변에 뿌려 둔 독에 중독된 모양이었다.

소민의 눈이 동그래졌다.

"어?"

나병 살수들은 이때다 싶었는지 진자강과 소민을 번갈아 노려보곤 바로 도주했다.

"앗! 거기 서!"

소민은 따라가려다가 다시 기침이 나오자 멈추고 아쉽다는 듯 발을 굴렀다.

"흥. 별것도 아닌 자들이. 콜록."

진자강이 다가갔다.

"소저, 중독된 것 같습니다."

"괜찮아요. 이까짓 정도는."

소민의 눈에 자줏빛 기운이 돌더니 눈초리가 거뭇해지면서 장심에서 불꽃 같은 일렁임이 생겼다.

제자리에서 곧바로 내공으로 독을 몰아내려 하는 것 같았다. 하지만 잘되지 않는지 끙끙거리다 포기했다.

"어유, 지독해. 무슨 독이 이렇게 들러붙었지? 일단 오라버니들을 찾고 나서 제대로 행공을 해야겠어요."

그나마 독을 뿌려 놓은 장소에 깊이 들어가지 않아서 얕게 중독되었다. 물론 소민은 그 정도까지는 모르는 듯했다.

소민이 진자강을 보고 물었다.

"소협은 괜찮으세요?"

"전 괜찮습니다."

다행히 곧 표상국이 되돌아왔다. 표상국은 경공으로 거의 날다시피 나무 위를 뛰어 도착했다.

"별일 없었어?"

"기습이 있었어요. 독을 써서 아쉽게도 쫓아가진 못했구요. 가신 쪽은 어떻게 됐어요? 영운 오라버니는?"

표상국이 대답했다.

"민가에 살던 가족이 참변을 당했더군. 독을 뿌리고 함정을 파 놔서 어쩔 수 없이 집과 함께 화장하는 길이야. 우릴 갈라놓으려고 한 게 틀림없어. 영운 형님은 그 자리에서 돌아가신 분들을 위해 독경하고 계시고."

그러고 보니 멀리서 연기가 피어오르는 게 보였다.

"영운 오라버니답네요."

"후."

표상국이 얼굴을 찡그렸다.

"엄청 독이 지독하더군. 집에 잠깐 들어갔다 나왔는데도 중독됐어."

"잘됐다! 나랑 번갈아 가면서 호법 서요. 나도 독을 좀 몰아내야겠어요. 영운 오라버니야 알아서 잘하실 거고요."

"그걸 잘됐다고 하긴 좀…… 그렇잖아?"

표상국이 진자강을 돌아보았다.

"진 형은? 괜찮소?"

"네."

소민이 일렀다.

"진 소협 의외로 그 상황에서도 엄청 침착한 거 있죠! 진 소협이 아니었으면 좀 힘들었을 거예요."

"응? 진 형이?"

"아니, 그 자식들이 더럽게 막 물려고 하잖아요. 나병을 옮긴다면서. 근데 진 소협이 물어도 옮겨지지 않는다니까 막 당황하더라고요."

소민이 환하게 웃었다.

"하하, 우리 민 매가 진 형이 굉장히 마음에 들었나 보네. 쿨럭."

"안 되겠다. 얼른 오라버니부터 먼저 하세요. 내가 호법서 드릴게요."

표상국이 가부좌를 틀고 앉자 소민이 옆을 지켰다.

한참 뒤에 표상의 얼굴이 벌게지더니 머리에서 하얀 김이 피어올랐다.

"후욱, 후욱."

양강의 내공으로 독을 몰아 태우고 있었다.

소민이 손부채로 하얀 김을 부쳐서 가까이 오지 않게 불어 냈다.

진자강은 방해하고 싶지 않아 한쪽에 앉아 기다렸다.

표상국에 이어 소민까지 운기행공을 하며 독을 몰아내고, 영운도 돌아왔다. 영운의 표정은 꽤 어두웠다.

소민이 영운을 반겼다.

"오라버니는 중독되지 않았어요? 호법 서 드릴까요?"

"이미 오는 길에 태워 버렸다. 독이 꽤 악랄하더구나. 기혈을 잠식하고 파고드는 것이 보통의 독이 아니었다."

표상국이 혀를 내둘렀다.

"보통의 독이 아니었다면서 멀쩡하잖아. 역시 사호삼황답네. 민 매와 나는 꽤 고생했다고."

인호(仁虎), 소호(笑虎), 맹호(猛虎), 복호(伏虎).

그중에서도 어질다는 뜻의 인호로 불리는 게 바로 영운이었다.

영운이 말했다.

"귀주의 안정을 위해서라도 지부를 빨리 복구해야 될 텐데. 생각지도 못한 자들이 있으니 앞으로도 조심해야겠어. 어서 움직이자."

다시 길을 재촉하면서 소민이 영운에게 물었다.

"민가의 시체들은 어땠어요?"

"일가족 다섯 명이 갈기갈기 찢겨서 섞여 있었어. 형체를 알아보기 힘들 정도로. 흉수가 어떤 수법을 썼는지 알기 어렵더군."

"혹시 독룡이 한 짓 아닐까요?"

"독룡?"

영운이 말했다.

"독룡은 손속이 잔인한 편이지만 민간인을 함부로 죽이고 다니는 편은 아닌 걸로 알고 있어. 그리고 늘 단신으로 다니지."

"하지만 예전에 석림방의 장원에서 민간인을 학살한 적이 있었잖아요. 제갈가와 남가촌에서 싸울 땐 마을에 불을 질러서 민간인을 방패로 삼은 적도 있었고요."

진자강은 입맛이 썼다.

복수의 대상을 죽이기만 하면 될 때에는 어떤 소문이 나든 상관없었다.

하나 이제는 이것이 반대쪽의 명분이 된다는 걸 안다. 이런 소문 때문에 무수한 협객들이 진자강을 죽이고 명성을 얻기 위해 부나방처럼 뛰어들 것이다.

소문이 퍼질 만큼 퍼진 후에는 바로잡는 것도 그만큼 힘들어질 터다.

진자강은 가만히 생각하다가 말했다.

"내가 한 일이 아닙니다."

잔잔하던 호수에 갑자기 돌을 던진 것처럼 파문이 일었다.

"……."

"……."

진자강은 다시 한번 강조해서 말했다.

"내가, 한 일이 아닙니다."

세 사람이 멍한 얼굴로 입을 벌리고 진자강을 쳐다보았
다.

소민이 물었다.

"무슨 말씀을 하시는 거예요, 진 소협?"

"말한 대로입니다."

표상국이 갑자기 끼어들었다.

"잠깐, 아까 영운 형님과 내가 혹시나 하고 민가 주위를
돌아다녔는데 독룡의 흔적은 보이지 않았어."

"독룡의 흔적이 뭔데요?"

"절름발이의 흔적."

무심코 자기가 말해 놓고도 표상국이 이상했는지 고개를
돌려 진자강을 보았다. 소민과 영운도 같이 쳐다보았다.

"에이. 아니겠지."

"설마."

진자강이 발목을 접질려 다친 지 하루 좀 지났다. 아직까
지 살짝살짝 다리를 전다.

하지만 그게 정말로 접질린 것일까?

진자강은 자기 입으로 접질렸다고 한 적이 없다. 세 사람이 그렇게 추측했을 뿐이다.

겉으로 보면 허여멀건해서 도무지 무공을 하는 사람처럼 보이지 않아서다. 집 안에서 나오지도 않고 글이나 읽던 샌님 같다.

소민이 장난 반, 진담 반으로 진자강에게 물었다.

"혹시 진 소협이 진짜 독룡이에요? 솔직하게 대답해 주세요."

진자강은 잠깐 기다렸다가 대답했다.

"사람들이 그렇게 부릅니다."

진자강의 대답에 표상국와 소민이 질린 표정을 지었다.

"우와!"

"웬일이야……."

그러나 이번에도 진자강의 기대와는 반응이 달랐다.

표상국이 자기 팔뚝을 손으로 쓸며 말했다.

"진 형! 방금 표정 진짜 소름 끼쳤어."

소민도 어깨를 떨었다.

"이럴 줄 몰랐어요, 진 소협. 겉으로는 순둥이 같았는데 완전 짓궂네요."

진자강이 오히려 어안이 벙벙하다.

"믿지 않는 겁니까?"

걸음을 멈췄던 세 사람이 파안대소를 터뜨리더니 다시 걷기 시작한다.

진자강은 순간 독을 뿌려 버릴까 하는 충동이 들었다가 참았다.

"믿지 않는 이유가 뭡니까?"

소민이 진자강의 옆으로 와서 생글생글 웃으며 말했다.

"진 소협의 말에는 허점이 많아요."

"뭡니까?"

"독룡은 살인귀예요. 진 소협처럼 침착한 사람이 아니죠. 그리고 자기가 현상금의 대상이 되어 쫓기는 입장인데 당당히 밝힐 수 있을까요? 그것도 우리 셋 앞에서?"

흑시에서 들은 정보다. 곧 제갈가에서 진자강에게 현상금을 걸 거라고 했다.

"현상금이 얼맙니까?"

"오천 냥!"

"만 냥이 안 되는군요."

"제갈가 사정이 좋지 않거든요. 그래도 거기다 무림총연맹의 보상까지 생각하면 상당하죠."

표상국이 앞에서 걷다가 웃었다.

"아 맞다. 그리고 한 가지 더 있소. 이건 민 매가 해 준 얘긴데……."

소민이 '그게 뭐지?' 하는 표정을 짓고 있다가 깨달았는지 놀라서 표상국의 입을 막으려고 했다.

"아앗, 오라버니 그건 좀!"

표상국이 보법으로 소민의 손을 피해 뒤로 걸으며 말했다.

"독룡이 강호제일의 미남자라는 말이 있소이다. 오죽하면 당가의 여식이 독룡에게 한눈에 반해 가문을 버렸다지 않소? 그 소문을 듣고 민 매가 어찌나 독룡을 보고 싶어 하든지……."

진자강은 한 대 맞은 기분이 들었다.

"아아. 미남자…… 였군요."

이런 식으로 자기 얘기를 듣게 된 데 대해서 진자강은 어떤 반응을 보여야 할지 알 수가 없었다. 기분이 좋아야 하는지, 나쁜 일인지 구분하기 어려웠다.

"그런데 사실 진 형은 곱기는 해도 강호제일 미남자라고 보기는 좀 흠흠. 이것도 내가 한 얘기가 아니라……."

"오라버니잇!"

소민은 결국 표상국의 입을 틀어막고 옆구리에 두 번이나 주먹질을 했다.

퍽퍽!

제법 아팠는지 표상국이 얼굴이 벌게져서 읍읍거리며 항

복한다는 몸짓을 취했다.

"방금 얘기는 못 들은 걸로 해 주세요!"

그때까지 가만히 있던 영운이 말했다.

"진 형이 정말 독룡인지 아닌지 알 수 있는 방법이 하나 있지. 강호의 모두가 궁금해 하지만 정작 독룡 본인 외에는 아무도 모르는 것."

표상국과 소민이 동시에 뭔지 알겠다는 투로 고개를 끄덕였다.

"그거네."

"맞아. 진 형이 정말 독룡이라면 알고 있을 거야."

이쯤 되니 진자강은 그게 뭔지 자기가 더 궁금해진다.

"성심껏 대답해 드리겠습니다."

영운이 말했다.

"독. 무수한 고수들을 쓰러뜨리고 금강천검 백리 대협까지 무릎 꿇게 만든 독."

소민과 표상국이 재미나다는 표정으로 진자강을 쳐다보았다.

영운이 물었다.

"그게 무슨 독인지 진 형이 독룡이라면 대답할 수 있을 거요. 안 그렇소?"

진자강은 말문이 막혔다.

"하하하……."

설마하니 그런 질문인 줄은 몰랐다.

진자강만이 가진 독인데 진자강이 이름을 붙이지 않았으니 다른 이들이 알 길이 없을 수밖에.

하나 지금 상태로서는 효과를 예상하기 어려워 제대로 쓰기 힘든 독이었다. 아직 이름을 붙일 만한 독이 아니다.

진자강이 대답을 못 하니 세 사람은 당연히 그럴 줄 알았다는 듯 같이 웃었다.

진자강은 왠지 마음이 편안해지면서도 한편으로는 이들에 대한 불편함이 있었다. 더 이상 같이 다니면 안 된다는 생각이 들었다.

저들은 비록 순수한 마음으로 자신을 대하고 있으나, 결국은 문파와 무림총연맹의 소속이다. 이미 지금도 자신과는 적이나 다름없는 사이인 것이다.

더구나…….

자신을 노리는 살기가 다시 느껴져 온다. 아까보다 더 진득해서 자신을 부르는 것처럼 생각되기까지 한다.

다음번에 이들과 만나게 될 때에는 어떤 입장일지 모르지만, 이번만큼은 더 이상 얽히지 않게 해 주고 싶었다.

진자강은 적당히 때를 봐서 헤어짐을 고했다.

"나는 이쪽 방향으로 가야 합니다. 여기서 헤어져야겠군요."

진자강이 살기가 느껴지는 방향으로 가겠다고 하자 영운이 얼굴을 굳히며 말했다.

"진 형. 그쪽은 지금 매우 위험한 방향이오."

영운도 살기를 느낀 것이다.

"아까의 그놈들일 가능성이 크군. 표 아우와 민 매, 준비해."

표상국이 내공을 끌어 올리고 소민도 칼을 쥐었다.

"정말이네?"

"쉿. 진 형은 잠시 몸을 숨기고 계시오."

영운이 앞장서서 살기가 느껴져 오는 방향으로 길을 잡았다.

연기.

살기가 가까워질수록 바람결에 거뭇한 연기가 섞여서 날아오고 있었다.

매캐한 냄새 때문에 소민이 눈을 찌푸렸다.

"독?"

"독은 아냐. 눈을 가리기 위한 연기다. 조심해. 우리를 대놓고 노리고 있어."

연기가 점점 짙어졌다. 일 장의 거리도 잘 보이지 않았다.

느껴지는 미세한 살기로 적의 위치를 알 수 있을 뿐이었다.

약 일각 여를 느릿하게 전진한 순간.

한 줄기 살기가 머리 위에서부터 진하게 뿜어졌다.

"주, 죽인다!"

아까의 나병 살수가 꼬챙이를 들고 뛰어내렸다.

"한 놈뿐인가!"

영운이 소매를 휘둘러 꼬챙이를 감았다. 이어 부드럽게 팔을 인도하여 꼬챙이가 옆으로 빗나가게 만들었다. 나병 살수는 꼬챙이를 붙든 채 몸을 돌려서 영운의 관자놀이를 뒤꿈치로 찼다. 영운은 나병 살수의 발을 어깨로 밀어 올리며 몸을 돌려 등으로 쳤다.

펑!

나병 살수가 나가떨어졌다.

소민이 신나서 소리쳤다.

"상대도 안 되는 자들이! 아까 본 소녀에게 혼나고도 정신을 못 차렸느냐!"

나가떨어진 나병 살수가 바닥을 구르다가 달아났다.

"쫓아서 뒤를 캐내야 돼요!"

소민과 표상국이 즉시 뒤를 따라갔다.

영운도 몸을 날렸다.

진자강은 무릎을 꿇고 바닥의 땅을 헤집어 보았다. 그리고 옆의 나무 기둥을 만져 보고 가만히 연기 냄새를 맡았다.

"독이군."

영운은 독이 아니라고 판단했지만 진자강은 독이라고 보았다. 연기 자체로는 아직 독이 아니다. 그러나 언제든 독으로 변할 수 있다.

진자강은 천천히 세 사람의 뒤를 쫓았다.

＊　　　＊　　　＊

연기가 더 짙어져 소민과 표상국은 달아난 나병 살수를 놓쳤다.

"젠장, 아무것도 안 보여!"

살기가 옆쪽에서 느껴졌다. 나병 살수가 튀어나왔다.

"이놈들이!"

표상국이 놀라면서도 즉시 무게 중심을 아래로 누르고 궁보를 밟으며 주먹을 날렸다.

나병 살수가 작은 몸을 이용해 바닥을 구르면서 표상국의 발등을 꼬챙이로 찍었다. 소민이 옆에서 달려와 나병 살수의 배를 발로 걷어찼다.

펵.

나병 살수가 이번에도 실패하고 날아갔다. 나병 살수가 연기 속으로 몸을 숨겼다. 금세 살기가 이동했다.

"이번엔 뒤예요!"

뒤에서 살기와 함께 나병 살수가 펄쩍 뛰어나왔다. 소민이 검에서 검기를 뿜어냈다. 청명한 기운이 세 개의 뾰족한 꽃잎 같은 원을 그리며 나병 살수의 몸에 그려졌다. 나병 살수가 꼬챙이를 돌려 원을 막아 냈다.

떠떠떵!

보통의 평범한 꼬챙이가 아닌 듯, 검기를 막아 내고도 불꽃을 튀며 잘리지 않았다.

"앗!"

갑자기 작은 살기가 하나 더 느껴졌다.

꼬챙이가 바닥에서 튀어나왔다. 표상국과 소민이 급히 뒤로 물러섰다. 영운이 달려와 바닥을 밟았다.

"무당진각!"

쿠— 웅!

심후한 내공이 땅속으로 파고들며 땅거죽이 우르르 진동했다.

땅속에 숨어 있던 나병 살수가 견디지 못하고 흙을 헤치고 튀어나왔다. 흙을 헤치는 와중에 새까만 가루를 뿌렸다.

영운이 즉시 양팔을 크게 원을 그리며 휘저었다. 너른 소매를 이용해서 가루를 날려 보냈다.

그때 옆에서 다른 나병 살수가 부싯돌을 켰다.

팍!

한순간에 모든 주위의 연기가 불꽃에 타올랐다. 심한 불길은 아니었다.

"우왓!"

그러나 연기가 불에 탄 후 성질이 변한 것이 문제였다. 자잘한 잿가루가 무수하게 날아다니면서 매캐한 정도가 극심해졌다. 눈이 따갑고 숨이 턱턱 막혔다. 독까지 품었다.

"쿨럭쿨럭!"

"이게 뭐야!"

영운만 유일하게 즉각 내공으로 흡입한 독기를 태울 수 있었다. 머리에서 김이 피어올랐다.

"내 뒤로 와!"

"소, 소용, 없…… 다!"

나병 살수들은 자유로이 연기 속을 오가며 세 사람을 공격했다. 꼬챙이가 달아오른 것처럼 뿌옇게 두꺼운 기를 품었다. 소민이 숨을 멈추고 매화검법을 펼쳤다. 나병 살수는 비웃듯이 꼬챙이를 크게 내려쳤다. 꼬챙이에 실린 내공이 소민에게 밀리지 않았다. 소민은 충격에 비틀거렸다.

"이, 이자들 아까완 달라요! 아까는, 아까는!"

아까는 셋을 혼자서 쫓아냈었다. 그러나 지금은 아니다.

"실력을 숨기고 있었어!"

다른 한 명은 심지어 표상국과 권법 대결을 정면에서 펼치고 있었다.

펑! 퍼펑!

둘의 주먹이 부딪칠 때마다 꺼먼 재가 동심원을 그리며 퍼져 나간다. 둘 다 물러서지 않고 있었다. 하지만 재에 실린 독 때문에 숨을 제대로 쉬지 못하는 표상국이 훨씬 더 불리하다.

표상국은 점점 힘이 떨어졌다. 이를 악문 표상국이 내공을 돌려 독기를 태우는 한편, 일권을 내질러 나병 살수를 떨쳐 내려 했다.

종남 백성권(白星拳)!

나병 살수가 표상국의 권을 발로 밟으며 타고 올라 표상국의 머리를 걸어찼다.

맞으면 목뼈가 부러진다!

영운이 지척에서 쌍장을 뿌렸다. 무당파의 절기인 청허장(淸虛掌)이다. 무당면장이 질기게 이어지는 장력이라면 청허장은 일순간에 내공을 폭발시키는 장력이다.

후우우웅!

청허장의 막대한 내력이 나병 살수에게 쏟아졌다. 나병 살수가 몸을 핑그르르 돌리며 뒷발로 표상국의 가슴을 차고 반발력으로 몸을 날려 청허장을 피했다.

"표 아우! 괜찮아?"

"괜찮아! 쿨럭! 그런데 이놈의 재가……! 쿨럭쿨럭 도무지 숨을 쉴 수가 없어."

"한쪽으로 모이자!"

영운을 중심으로 표상국과 소민이 모였다.

나병 살수들의 그림자가 세 사람을 앞뒤로 둘러쌌다.

영운은 상황을 봐서 이 대치 국면을 벗어나려고 빈틈을 찾고 있었다.

"내가 신호하면 나를 따라서……."

그런데 영운의 말이 끝나기도 전에 앞쪽 연기 속에 길쭉한 키의 노인이 나타나 음산한 목소리로 중얼거리는 게 아닌가!

"독룡을 잡으려고 덫을 놓았더니 어디서 봉추(鳳雛)들이 걸렸구나."

"독룡!"

"역시 독룡이 이쪽에 있었어."

소민이 말했다.

"아니, 잠깐. 그러면 이자들은 독룡과 관계가 없다는 뜻이야?"

영운이 눈에 내공을 실어서 안력을 돋우어 노인을 쳐다보았다. 그러나 노인의 모습은 연기 때문에 희끄무레하게 윤곽만 보일 따름이었다.

영운이 외쳤다.

"빈도는 무당의 영운이라고 하며 우리는 무림총연맹의 묘랑대 소속이오! 어디의 고인이신 줄 모르나 귀하의 목적이 독룡이라면 우리는 서로 같은 자를 쫓고 있는 것입니다!"

"같은 자를 쫓아?"

노인이 영운의 말을 고스란히 되뇌더니 미친 듯이 웃어댔다.

"껄껄껄껄!"

주위에 있던 나병 살수들도 웃었다.

"푸, 푸헤헤!"

"크크큭."

노인이 비웃었다.

"봉황의 새끼들인 줄 알았더니, 털도 안 자란 새끼 참새였군?"

영운이 뭐라고 말을 하기도 전에 노인이 명령했다.

"잡아라. 이왕 이리된 것, 놈들을 미끼로 써서 독룡을 낚아야겠다."

"실수하는 것이오!"

"독무에 스스로 걸어 들어온 네놈들이 실수한 것이지. 독룡의 호기심을 자극하려고 독무를 펴 놨더니 어디서 미련한 것들이 걸려 가지고, 쯧."

노인이 귀찮다는 듯 손을 휘저었다.

스스스……

독무가 더욱 짙어지고 나병 살수들의 살기가 순식간에 감춰졌다.

모든 살기가 사라졌다. 아까까지 일부러 살기를 드러낸 건 그야말로 허점을 유도하기 위한 술수였다.

어디에 있는지 위치조차 알기 어렵다. 이제 어디서 어떻게 공격해 올지 전혀 알 수 없게 되고 말았다.

"우리가 너무 방심했어."

"미안해요, 나 때문에…… 콜록."

소민이 자책했다. 자신이 처음에 살수 셋을 너무 쉽게 물리쳤기 때문에 쉽게 함정에 빠지고 말았다.

"그런 말은 여기를 벗어나서 해도 늦지 않아. 일단은 독무를 빠져나가는 게 우선이다."

영운이 내공을 끌어 올리며 선두에 섰다.

"피치 못하여 살수를 쓸 테니 조심하시오! 청허장!"

영운이 쌍장을 퍼붓고 길을 냈다. 장력에 휘말린 독무가 휩쓸려서 퍼졌다. 다소나마 시야가 트였다.

표상국이 먼저 뛰쳐나갔다. 영운은 후미를 지켜야 한다.

그러나 표상국이 뛰쳐나간 순간 좌우 대각선 방향에서 꼬챙이가 날아들었다. 표상국은 좌측으로 무적권의 권풍을 날리고, 소민이 후방에서 지원해 우측의 꼬챙이를 걷어 올렸다.

공격이 실패하자마자 나병 살수들은 지체 없이 포기하고 물러서서 독무의 사이로 몸을 감췄다. 표상국과 소민이 숨을 돌리기도 전에 갑자기 또 다른 방향에서 꼬챙이들이 날아들었다.

"앗!"

피잉!

꼬챙이 끝에 날카로운 예기가 담겨 있었다. 검기에도 상하지 않는 단단한 꼬챙이라 표상국도 차마 권으로 받을 생각을 못 하고 몸을 피했다.

핑! 핑!

꼬챙이가 날카롭게 찔러 오는 소리가 고막을 아프게 했다.

다리 사이로 혹은 어깨 너머로, 갑작스레 위에서…… 표상국과 소민은 정신없이 꼬챙이를 막아 내야 했다.

"이, 이놈들 신법이 너무 빨라!"

공격을 했다가 사라지면 다른 방향에서 또 튀어나온다. 보이는 건 둘인데 공격을 해 오는 건 서너 명이 더 되는 것 같을 정도다.

"우리끼리는 못 뚫겠어! 쿨럭!"

"내가 가마!"

영운이 둘을 돕기 위해 달리는 순간 강력한 독장이 영운의 등을 쳤다.

영운이 허리를 틀며 독장을 손바닥으로 감싸 부드럽게 땅으로 방향을 틀었다.

펑!

땅의 흙이 터지듯이 뿜어지며 독기가 피어올랐다.

노인이 영운에게 성큼 다가섰다.

"너는 나랑 놀자."

그제야 영운은 노인의 전신을 모두 볼 수 있었다. 보통 사람보다 키가 크고 팔이 길게 늘어져 있는데 입을 검은 천으로 가리고 있어서 날카로운 눈매밖에 보이지 않았다.

"강호의 선배가 성명도 밝히지 않고 후배를 등 뒤에서 공격하다니! 부끄럽지도 않으시오!"

"나? 나는 기환독타(奇幻毒朶)라는 사람이다."

"기환독타?"

영운이 들어 본 적이 없는 괴이한 별호였다.

기환독타의 손이 채찍처럼 휘어지며 날아왔다. 보통 사람보다 팔이 두 뼘은 더 길었다. 왜 나뭇가지가 늘어지는 모양이라는 뜻의 타(朶)자가 별호에 붙었는지 알 수 있었다.

쌔액!

날아온 손바닥이 영운의 어깨를 후려쳤다. 영운은 어깨에 손바닥을 그대로 받으면서 신체의 힘을 빼 충격을 분산시켰다.

두웅!

손바닥으로 쳤는데 철썩 소리가 아니라 북소리가 난다. 태극권의 절묘한 주경(走勁)이었다.

"껄껄! 무당의 인호라더니 명성만큼은 하는구나."

기환독타는 칭찬하면서도 신경 쓰지 않고 계속해서 양팔을 휘둘렀다. 딱히 어딘가를 노리는 것도 아니었다. 머리든 막고 있는 팔이든, 허벅지든 허리든 상관없이 닿는 곳을 공격했다.

두웅! 둥! 둥!

영운의 온몸은 북처럼 연신 소리를 냈다. 전신이 계속 울려서 몸이 사시나무처럼 떨리고 있었다.

영운은 보법을 밟으며 기환독타를 따라잡으려 했다. 그러나 기환독타의 보법도 만만치 않았다. 딱 두 뼘의 거리에서 자신의 손이 닿고 영운은 닿지 않는 거리를 유지하며 공격을 이어 갔다.

둥! 둥!

어느 순간 북소리에 균열이 생겼다. 영운의 입가에 피가 맺혔다. 북이 찢어지기 일보 직전이다.

힘은 해소시키고 있었으나 장력 안에 실린 독은 차곡차곡 영운의 체내에 쌓여 갔다.

그에 비해 기환독타의 공격 속도는 점점 더 빨라지고 있었다. 팔이 보이지 않게 사방에서 영운의 몸을 때린다.

"주경은 제법이구나. 그런데 어쩌지? 점경(粘勁)이 뒤따르지 않으니 부드러워야 할 주(走)는 점점 단단해지고, 점(粘)은 잃어버리기 직전이구나. 그래서야 어디 화경(化勁)을 하겠느냐?"

"선배께서는 우리 무당의 태극권을 아주 잘 알고 계시는군요!"

말을 하는 사이 주경이 흐트러져 기환독타의 손에 얻어맞은 영운의 목덜미에서 쩍 소리가 났다.

영운은 그 순간 붕리(掤履)의 리를 이용해 기환독타의 힘을 받아들이고 오른발을 들어 왼발로만 선 백학량시의 자세로 기우뚱하게 섰다. 그러곤 거기에 자신의 힘을 더해 왼쪽 팔에 모든 힘을 실었다. 영운은 오른발로 옆차기를 하듯 쭉 뻗어 허공을 차면서 그 반발력까지 더해 기환독타의 가슴에 일 권을 찍어 넣었다.

빠악!

기환독타의 상체가 흔들렸다. 기환독타의 입에서도 핏방울이 튀었다. 영운이 몸을 움츠렸다가 뛰며 기환독타의 복부로 뛰어들어 등으로 강하게 밀쳤다.

그러나 영운은 기환독타를 때릴 수 없었다. 기환독타가 영운을 꽉 안아서 감싸 버린 것이다.

"윽!"

기환독타는 유독 긴 자신의 팔을 이용해 영운의 등을 한 바퀴 감아서 영운의 머리를 양쪽으로 움켜쥐었다. 덩굴이 휘감은 듯한 기묘한 모습이었다.

기환독타가 힘을 주어 끌어안자 영운의 몸에서 우드득 소리가 났다. 팔이 둘러진 허리가 꺾이고 있는데, 머리는 꽉 붙들려 고정된 채라 목뼈가 어긋나고 있었다.

"으으윽!"

기환독타가 신체의 이점을 이용해 영운의 약점을 완전히 파고든지라 영운은 제대로 힘도 써 보지 못하고 말았다. 이것도 역시 강호의 경험이라 할 수 있다.

"사지가 결박된 상태에서도 화경을 해야 진정한 태극권이라 할 수 있지. 아니 그러하냐?"

얼굴이 바로 가까이 닿은 상태에서 말을 하고 있어서 기환독타의 입에서 흘러나온 핏방울이 영운의 얼굴로 떨어져 입으로 들어간다.

"내가 일생 마주친 무당파 제자가 다섯이다. 모두 죽였지. 그런데 내가 너 같은 어린놈에게 당하겠느냐?"

계속 떨어지는 피에 독이 섞여 있어서 순식간에 영운의 입술이 꺼멓게 변색되었다.

"끄윽, 끅."

영운은 목이 비틀리기 일보 직전에, 최대의 내공을 끌어내어 자신의 손바닥을 자신의 다리에 붙였다. 그러곤 무당면장(武當綿掌)을 펼쳤다.

무당면장이 영운 본인의 몸을 타고 통과해서 몸에 밀착되어 있는 기환독타에게로 흘러갔다. 기환독타가 움찔했다. 유독 파괴적인 무당면장의 장력이 기환독타의 복부와 가슴 기혈을 찢으며 파고들었다.

"제법!"

기환독타가 팔을 힘껏 당기며 좌우로 벌렸다. 팽이가 돌아가는 것처럼 영운의 몸이 돌아갔다. 영운이 정신없이 뒤로 물러났다.

팍!

그 순간 영운의 복부를 뚫고 꼬챙이가 튀어나왔다. 뒤에서 나병 살수가 공격한 것이다.

"어……."

영운이 무너지듯 무릎을 꿇었다. 영운의 눈빛이 흔들렸다.

설마하니 강호의 선배씩이나 되는 사람이 일대일로 승부를 하는 도중에 뒤에서 다른 자가 기습할 줄은 몰랐다는 표정이다.

"비, 비겁하게……."

기환독타가 검은 천으로 가린 입으로 웃었다.

"내 별호를 들은 적이 없을 게야. 왜 그런 줄 아느냐? 날 만나서 살아간 자가 없기 때문이다."

영운은 이를 악물고 뒤쪽의 나병 살수를 뿌리쳤다.

나병 살수는 금세 독무 속으로 사라졌다.

영운은 자신의 상태에도 불구하고 두 아우가 걱정되어 돌아보았다.

표상국과 소민은 영운만큼이나 혈투를 벌이고 있었다. 끊임없이 찌르고 물러나는 나병 살수를 잡지 못해 고생했다. 독무에 싸여 있기 때문에 동작도 평소보다 굼떴다.

기침을 할 때마다 동작이 멈칫거려서 한 군데씩 상처를

입고 있었다. 그런데 영운은 어딘가 이상한 점을 깨달았다.

"뭐, 뭔가 이상……."

방금 자신이 나병 살수에게 공격을 당했다.

그런데 표상국과 소민이 동시에 공격당하는 숫자는 둘 이상이다. 아무리 나병 살수의 신법이 빨라도 자신과 아우들의 거리가 꽤 되는데 그 거리를 오가면서 번갈아 공격할 수는 없다.

영운이 소리쳤다.

"놈들의 숫자가 이상하다!"

표상국이 외쳤다.

"아까 셋이라며!"

소민도 소리를 높였다.

"셋이에요!"

영운이 다시 말했다.

"보이는 것만 셋 이상……!"

한 명의 나병 살수가 다시 영운에게 달려들었다. 영운이 나병 살수의 꼬챙이를 피하며 소리쳤다.

"넷이야!"

표상국과 소민을 공격하는 어슴푸레한 인영이 셋. 그리고 영운을 공격하는 인영이 하나 더!

"넷이라고?"

표상국이 꼬챙이를 막아 내며 되물었다.

"악!"

소민이 비명을 질렀다. 둘을 상대하다가 기침을 하며 각혈하는 바람에 꼬챙이에 발등을 찍혔다. 소민이 바닥을 굴렀다. 두 나병 살수가 꼬챙이로 마구 바닥을 찌르며 소민을 몰아붙였다.

"이것들이!"

표상국이 고함을 지르며 소민을 공격한 나병 살수들을 덮쳤다.

그때 꼬챙이 하나가 더 튀어나왔다. 그것은 막 등을 돌리고 있는 표상국을 노리고 있었다.

"위험해, 표 아우!"

나병 살수가 번개처럼 뛰어들어 표상국의 등을 찔렀다.

아니, 찌르려 했다.

그런데 나병 살수는 튀어나오던 속도보다 더 빠르게 뒤로 끌려갔다.

그리고.

우드득!

섬뜩하게 뼈 부러지는 소리가 났다.

세 사람은 어리둥절했다.

지금 독무에서 몸을 드러내고 서 있는 나병 살수는 셋이다. 영운을 공격한 한 명, 소민을 공격한 두 명.

그리고 그 외에 표상국을 공격하려다가 갑자기 사라진 한 명이 있었다.

"도대체 몇 명이야!"

그런데 갑자기 진자강이 독무에서부터 몸을 드러내며 나타났다. 진자강의 양손에는 목이 부러진 나병 살수 둘의 머리가 붙들려 있었다.

"다섯입니다."

세 사람은 진자강을 보고 잠깐 헷갈려 했다.

"진 형……?"

그때 갑자기 엄청난 살기가 뿌려졌다. 진자강이 아니라 기환독타에게서다.

"내 동생들의 주검을 내려놓아라―!"

기환독타가 성큼성큼 진자강에게 걸어가기 시작했다. 진자강이 시체를 놓고 한 걸음 물러났다.

기환독타가 털썩 무릎을 꿇더니 피눈물을 뿌리며 죽은 나병 살수 둘의 몸을 끌어안았다.

"내 동생들…… 불쌍하고 가련한 내 동생들……."

기환독타가 눈에서 끔찍한 살기를 뿜어내며 고개를 들었다.

"용서하지 않겠다, 독……!"

그 순간 진자강이 기환독타의 머리를 내려쳤다.

뻐억!

기환독타의 눈동자가 흔들렸다. 코에서 피가 쭉 뿜어지고 이빨이 깨지며 잇몸이 찢어져 입에서도 피가 흘렀다.

그리고 진자강이 손을 떼었을 때, 기환독타의 머리에는 침 한 자루가 박혀 있었다.

땡그랑!

기환독타의 손에서 나병 살수들이 들고 있던 꼬챙이가 떨어졌다. 동생들의 죽음을 슬퍼하는 척하면서 기습하려던 계획은 실패했다.

기환독타는 동생들에게 조의를 표하고 있는 자신을 아무렇지 않게 공격했다는 데에 놀랐다.

"이 도리도 모르는 놈!"

진자강은 기환독타의 머리를 잡고 누르며 무릎으로 올려 쳤다. 기환독타는 꼬챙이를 놓고 양손을 들어 막았다.

뻐억!

그대로 맞았으면 얼굴이 함몰될 뻔했다.

진자강이 계속해서 무릎으로 올려 쳤다.

뻑! 뻐억!

묵직한 소리가 연신 울렸다. 기환독타는 골이 뒤흔들려

서 토할 것 같았다.

"자기 편할 때만 찾는 도리 같은 건 없습니다."

방금 전 기환독타가 영운을 등 뒤에서 공격했을 때를 빗대어 하는 말이다.

영운과 표상국, 소민은 진자강의 행동을 보고 입을 다물지 못했다.

동생들의 주검을 안으며 진자강의 방심을 유도한 건 기환독타다. 그런데 진자강은 이미 알고 있었던 것처럼 단호하게 기환독타를 쳐 버렸다. 세 사람이었다면 상상도 못 할 일이다. 분명히 이 기습에 당했을 것이다.

진자강이 잠깐 공격을 멈추고 물었다.

"무슨 의도로 나를 유인했습니까?"

"너 이놈⋯⋯."

기환독타가 이를 갈았지만 그 순간 다시 한번 진자강의 무릎이 날아왔다.

뻑!

다시 막긴 했어도 팔이 시큰거리며 몸이 굳었다. 무릎을 꿇고 있어서 동작도 제한적이다.

"왜 나를 죽이려 했습니까?"

기환독타는 손을 뻗어서 진자강의 고환을 쥐어뜯으려 했다. 진자강이 다시 무릎으로 머리를 가격했다.

뻐억 뻑! 뻑!

기환독타는 반격을 포기하고 막았다. 막기만 하는데도 충격이 커서 코에서 피가 샜다. 코와 입을 가리고 있던 검은 천이 피에 절어서 흘러내렸다.

드러난 기환독타의 얼굴은 끔찍했다. 코끝이 떨어져 나가 콧구멍이 휑하니 뚫려 있고 입술은 언청이처럼 들려 있었다. 기환독타 역시 나병 살수들처럼 병에 걸려 있었던 것이다.

기환독타가 코와 입에서 피를 줄줄 흘리며 토하듯 말했다.

"나는 외모 때문에 강호에서 배척받았다! 나의 다섯 쌍둥이 동생들도 천형(天刑)을 피하지 못해 결국 마을에서 쫓겨났지."

다섯 쌍둥이! 기환독타를 제외한 다섯이 전부 생김과 체구가 거의 비슷하니 독무 속에서 알아보기가 쉽지 않았던 것이다.

표상국이 고개를 갸웃거리다가 말을 내뱉었다.

"나병에 독…… 이라면."

영운이 배를 붙들고 땀을 흘리며 말했다.

"나살돈. 나살돈이다."

소민이 소리쳤다.

"나살돈이라면 강호에 거의 모습을 드러내지 않는 독문의 살수들인데! 콜록콜록!"

기환독타가 뒤틀린 입술로 웃었다.

"그럼 내가 왜 왔는지도 알겠지?"

진자강이 갑자기 툭 던지듯 물었다.

"북천과는 무슨 관계입니까?"

"북천?"

기환독타가 비웃으며 대답했다.

"내가 말할 수 있는 건 한 가지뿐이다. 일단 시작됐으니, 네가 죽을 때까지 멈추지 않는다는 것."

"끝내 도구로서 죽겠다면 존중하겠습니다."

진자강이 손에 내공을 주입하자 기환독타의 눈에 피가 쏠리고 코에서 피가 쏟아졌다.

"끄윽!"

깜짝 놀란 나병 살수 셋이 진자강을 공격해 왔다.

"으, 으어어!"

"주, 죽어!"

그나마 움직일 만한 표상국이 진자강을 도와야 하나 고민하며 움찔했다. 독룡은 적이다. 만일 나살돈의 살수들을 죽이고 나면 자신들의 차례가 될지도 모른다.

"제기랄!"

표상국은 이러지도 저러지도 못했다. 하지만 진자강은 처음부터 기대하지 않았던 듯, 바로 몸을 세우고 나병 살수 셋을 상대했다.

기환독타가 일어서다가 비틀거렸다.

"머, 머리! 머리!"

동생인 나병 살수가 기환독타를 보고 소리쳤다. 기환독타는 자신의 머리를 만져 보고 독침이 박힌 걸 알았다. 왜 진자강이 자꾸만 머리를 공격했는지 알 것 같았다.

자꾸 충격을 주어 독이 퍼지는 걸 모르게 만들기 위해서다.

최근에 명성이 높아진 독룡의 독이었다. 이미 독이 머리에 퍼진 만큼 해독약이 없으면 해소하기 어렵다.

기환독타는 독을 다루는 나살돈의 심법으로 머리에 퍼진 독의 기운을 최대한 억눌렀다. 완전히 쫓아내는 거독(去毒)은 어렵고 증세를 약화시키는 약독(弱毒)을 하는 게 지금할 수 있는 최선이었다.

'저 어린놈은 독무 안에서도 아무렇지 않은데……'

으드득.

기환독타가 이를 갈며 소리쳤다.

"놈을 잡아 죽여! 해독약을 찾아!"

나병 살수들 셋이 동시에 달려들었다.

진자강은 힘껏 뒤로 뛰면서 가슴 위로 팔을 교차시키고 손가락을 펼쳤다. 손가락 사이에서 독침들이 솟아났다. 진자강이 따라오는 나병 살수들을 향해 독침을 뿌렸다.

핑! 핑!

독무 안의 재 같은 부유물 때문에 나병 살수들도 독침이 제대로 보이지 않았다. 나병 살수들은 더 나아가지 못하고 제자리에서 꼬챙이를 돌려 독침을 튕겨 냈다.

그사이 진자강의 옆으로 돌아간 기환독타가 자신의 긴 팔을 휘둘러 진자강을 쳤다.

쩍, 쩍!

기환독타의 장심에서 독기가 쏟아져 진자강을 때릴 때마다 피부로 스며들었다. 그러나 진자강에게는 큰 영향을 끼치지 못했다.

진자강은 기환독타의 손바닥을 금나수로 받으며 반격을 시도했다. 기환독타의 손이 쑥 늘어나면서 진자강의 팔뚝까지 올라왔다. 기환독타가 진자강의 팔뚝을 잡고 비틀었다. 팔뚝의 피부가 찢어질 것처럼 당겨졌다.

진자강은 비트는 방향대로 힘을 거스르지 않고 몸을 띄워 회전했다. 핑그르르 몸을 돌리면서 독침을 뽑아 던졌다. 기환독타가 진자강의 팔뚝을 잡고 밀어서 독침이 빗나가게 만들었다. 그러곤 진자강의 오금을 걸어차 팔뚝을 비틀어

누르며 무릎을 꿇게 했다.

진자강은 무릎이 꿇리면서 기환독타의 허벅지를 다른 손
으로 찍었다.

포룡쇄!

기환독타가 심상치 않은 기운에 바로 발을 뒤로 뺐다. 동
시에 진자강의 등을 나병 살수의 꼬챙이가 세 개가 찌르고 들
어왔다. 진자강은 가장 앞선 나병 살수의 소매를 배수의 수
법으로 확 잡아챘다.

나병 살수가 끌려 들어왔다. 진자강은 금나수로 나병 살
수의 엄지손가락을 잡아 반대로 꺾으면서 방패로 삼았다.
다른 나병 살수 둘의 꼬챙이가 같은 살수를 꿰뚫었다.

"끄아아악!"

등과 목에 꼬챙이가 박힌 나병 살수가 구슬픈 비명을 질
렀다. 두 나병 살수가 놀라서 물러서려 했다.

기환독타는 독 때문에 시야가 좁아져 바로 대응하지 못
하고 있다가 진자강의 팔을 더 힘껏 눌렀다. 진자강의 어깨
에서 투툭 소리가 났다. 진자강은 상체가 바닥에 완전히 처
박히기 직전 비틀린 손의 소매를 털었다. 소매에서 독침이
튀어나와 손바닥에 잡혔다. 천지발패의 수법으로 손바닥과
손가락의 미세한 근육을 이용해 중지의 약지의 손가락 사
이에 독침을 끼우고 튕겼다.

핑!

뒤틀린 팔에서 튀어나온 독침은 기환독타가 전혀 상상하지 못했던 방향이었다. 기환독타의 뺨에 독침이 박혔다.

"으으읍!"

뺨을 뚫고 혀까지 독침이 꽂혔다. 혀가 부어올라 목구멍이 막히기 시작했다.

"컥, 컥."

기환독타가 자신의 뺨과 목을 붙들고 괴로워했다. 진자강은 벌떡 일어서서 어깨를 돌려 풀었다. 그러곤 손에 내공을 집중했다. 손이 시뻘게지며 엄지와 중지에서 하얀 김 한줄기가 피어올랐다. 엄지와 중지를 마주치자 딱 소리와 함께 불꽃이 일었다.

화르륵.

진자강은 기환독타의 가슴에 일장을 날렸다.

작열쌍린장!

옥허구광 오뢰합마공의 오광제에서 일으킨 작열쌍린장은 당가에서 사용했을 때와는 위력을 비교도 할 수 없었다. 작열쌍린장 자체가 당가의 장서고에 있었으니만큼 결코 하급 무공이 아닌 것이다.

기환독타의 가슴에 닿은 진자강의 손에서 열기가 줄줄이

쏟아졌다. 기환독타의 내부를 태우면서 장력이 파고들었다. 기환독타의 내공이 반탄력을 일으켰는데, 작열쌍린장의 장력은 반탄력마저 태워 버렸다.

펑!

불꽃이 비산하며 기환독타가 나가떨어졌다. 뼈가 부러지고 가슴이 뭉개졌다. 화상을 입은 것처럼 살이 새까맣게 탔다.

절명. 어차피 중독되었으니 달아날 수도 없었을 테지만, 어쨌든 일장에 절명하고 말았다.

"으, 으아아아아!"

남은 두 명의 나병 살수가 비명을 지르며 눈에 핏발을 세웠다. 둘이 시선을 마주치더니 한 명이 달아나기 시작했다. 그리고 남은 한 명은 진자강에게 덤벼들었다. 목숨을 도외시하고 동귀어진으로 필살의 일초를 펼쳤다.

진자강은 보법을 밟으며 양팔을 펼쳤다.

딸깍.

나병 살수가 진자강을 지나가듯 스쳐 갔다.

누구의 것인지 모를 핏방울이 허공에 튀어 맺혔다. 나병 살수가 지나간 채로 움직이지 않았다.

허공에 떠 있던 핏방울이 스르륵 진자강의 손까지 미끄러졌다. 진자강의 좌우에 있던 커다란 나무 두 개가 깨끗하게 대각선으로 절단되어 넘어가고, 이어 나병 살수의 몸이 여러 조각으로 분리되며 피 보라를 뿌렸다.

하나 그사이에 다른 한 명은 달아났다. 진자강은 달아나는 나병 살수의 등을 신중하게 겨냥해 섬절로 독침을 던졌다.

팍!

나병 살수의 등에 독침이 명중했다. 나병 살수가 몸을 움찔했다가 그대로 뛰어 달아났다. 진자강은 나병 살수를 잠시 쳐다보다가 탈혼사를 회수해 넣었다.

기환독타가 뿌렸던 독무가 서서히 바람에 걷혀 갔다.

영운과 표상국, 소민이 진자강을 멍하니 쳐다보았다.

"저게 독룡의 무위……."

세 사람은 눈을 동그랗게 뜨고 눈을 끔벅거렸다.

"진…… 형?"

"진 소협이…… 정말 독룡이에요?"

진자강이 대답했다.

"그렇다고 말했습니다만."

소민이 이상하다는 듯 되물었다.

"그런데 왜 우릴 죽이지 않았죠?"

"내가 당신들을 죽여야 합니까?"

"그야 소문에 의하면 독룡은 살인귀라……."

"소문에 의하면 독룡은 굉장한 미남자라고 합니다."

진자강의 말에 소민은 "우와" 하면서 입을 벌렸다.

"뒤끝 작살."

"……."

영운과 표상국은 진자강의 눈치를 보다가 웃을 듯 말 듯 한 표정을 지었다.

진자강이 말을 돌렸다.

"일단은 이 독무에서 벗어나서 운기행공을 하는 게 좋을 겁니다. 심한 독은 아니지만 독무에 오래 있으면 진기가 탁해져서 점점 행공이 어려워집니다."

"진…… 소협은요?"

"세 분은 나를 잡으려는 사람들인데 내가 같이 가야 하겠습니까?"

진자강이 바로 작별을 고하고 가려는데 표상국이 뺨을 긁적거렸다.

"진 형의 말이 맞소. 우리는 정찰 임무도 있었지만 무림총연맹의 일원으로서 독룡을 잡아야 할 의무도 있소. 그리고 종남의 제자는 말이오, 아무리 강한 적을 만나도 달아나지 않소."

진자강이 막 가려다가 걸음을 멈추고 돌아보았다.

"무슨 뜻입니까?"

표상국이 주먹을 그러쥐고 내공을 끌어 올렸다.

"진 형이 우리를 구해 줬다 하더라도, 그냥 보낼 수는 없다는 뜻……."

진자강이 손가락을 들어 표상국의 뒤를 가리켰다.

"저건 뭡니까?"

표상국이 뒤를 돌아보았다.

"뒤에 뭐가 있소?"

피잉.

"……."

푹.

표상국은 돌아보았다가 갑자기 다리가 따끔해져서 자신의 다리를 내려다보았다. 무릎에 침 한 자루가 꽂혀 있었다.

"으아아악!"

표상국이 놀라서 침을 뽑고 운기행공을 하며 독기를 막으려 했다. 하지만 독무 속이라 제대로 행공이 되지 않았다.

"쿨럭쿨럭!"

표상국은 놀라서 호흡을 제대로 하지 못하고 기침을 해 댔다.

영운이 "후" 하고 한숨을 내뱉었다.

"진 형. 미안한데 표 아우를 용서해 주시오. 며칠간 보아서 알겠지만 워낙 고지식한 친구라 그렇소."

진자강이 영운을 가만히 보며 말했다.

"세 분에게는 내가 적일지 모르지만 내 적은 좀 다릅니다. 그래서 내게 살의를 보이지 않은 오늘은 넘어가겠습니다. 하지만 살의를 품고 적의를 드러내면 그땐 내 적이 될 겁니다."

독룡의 적이 된다!

독룡의 적.

소민과 표상국은 이제껏 살아오면서 그처럼 소름 끼치는 말을 들은 적이 없었다.

여태 적이라고 생각했으니 새삼스러울 것도 없는데, 저 말이 주는 무게감을 느낀 지금은 완전히 상황이 달랐다.

토막 나 죽은 시체들이 뒹굴고 있는 이런 광경을 목도한 후에는 더더욱.

소민이 진자강에게 부탁했다.

"독룡의 독은 해독하기가 힘들다고 들었어요. 적이 아니라면 표 오라버니의 해독을 부탁드려요."

표상국이 소리쳤다.

"구걸하지 마! 나는 괜찮다. 종남의 제자는 어떤 위험한 상황에서도 물러……."

피잉! 핑!

푹.

푹.

第七章

독룡은 어디에

진자강은 떠났다.

영운과 표상국, 소민은 독무를 피해 근처의 동굴로 자리를 옮겼다.

표상국은 소민이 몸에 박힌 침을 빼 줄 때마다 따끔거려서 몸을 움찔거렸다. 몸에 박힌 침이 한 쌈은 족히 되었다.

"침은 챙겨 둘게요. 독룡에 대한 단서니까."

"어우, 아파. 아직도 남았어?"

"네."

소민이 침을 뽑으면서 혀를 찼다.

"그게게 왜 덤벼요. 본전도 못 찾을 거면서."

"아, 어차피 독침을 맞았으니 죽겠구나 하고 개겨 본 거지."

"쯧쯧."

다행히 독룡에게 맞은 건 독침이 아니었다.

표상국으로서는 십 년 감수한 일이다.

"독룡 성격 진짜 안 좋네."

"왜요. 난 나쁜 거 같지 않던데. 진 소협이 성격이 나빴으면 오라버니는 이미 이 세상 사람이 아니죠. 독침을 안 던지고 빈 침을 던졌잖아요."

"그냥 침이라고 안 아픈 줄 알아? 바늘로 푹푹 찌르면 안 아파? 엄청 따끔따끔 아프다고!"

소민이 표상국의 등을 찰싹 때렸다.

"사람이 아량을 베풀었으면 고마운 줄 알아야죠."

표상국이 그제야 입을 다물었다.

듣고 있던 영운이 말했다.

"나도 민 매와 생각이 같아. 진 형은 소문과는 다른 사람처럼 보였다."

"맞아요. 그런 사람이 민간인들을 학살했다는 게 믿어지지 않아요. 무엇보다 눈빛이 너무 진지하다구요."

영운도 공감했다.

"내가 볼 때도 살인귀의 눈빛은 아냐."

표상국이 툴툴거렸다.

"눈빛으로 사람을 어떻게 판단합니까. 그리고 민 매도 이상해. 일전에는 사람만 죽으면 독룡 짓이 아니냐고 그러더니."

"진 소협이 정말 민간인들을 학살했을까요? 난 그것도 의문이 들어요."

"무슨 근거로?"

영운이 말했다.

"석림방의 죽은 민간인들은 머리를 잃고 팔다리가 뽑혀 죽었다고 했다. 철산문의 장원에서도 같은 일이 있었지. 마치 손에 잡히는 대로 아무렇게나 살육을 한 느낌이었다는군."

소민이 고개를 끄덕였다.

"맞아요. 오늘 보니 분명히 방식이 달라요. 으응, 뭐랄까. 손을 쓸 때마다 감정이 담겨 있는 게 느껴졌어요."

"감정?"

"미워하고 화를 내고 그런 감정요. 사람을 죽일 때마다 그런 감정을 담는 사람이 마구잡이로 사람을 죽일 수 있었을까요?"

"으음."

잠깐 얼굴을 찌푸린 표상국이 말했다.

"둘 다 뭐에 홀리기라도 한 거야? 그래도 그의 행동이 정파인의 것은 아니잖아. 죽은 살수를 안고 있던 기환독타를 기습했을 때도 그렇고."

"그렇긴 하지. 하지만 강호의 소문은 늘 정확하진 않아. 앞으로는 선입견을 가지지 말고 진 형을 대해야겠다. 우리가 잘못 알고 있다면 진 형에게 큰 잘못을 저지르는 거야."

소민이 혼잣말처럼 말했다.

"강호에 몸을 맡긴 모든 이들에겐 각자의 사연이 있다지만 진 소협의 사연은 유독 깊어 보이네요. 심지어 북천까지 관련이 되어 있는 모양이던데."

영운이 고개를 끄덕거렸다.

"나도 걱정이 된다. 왜 그동안 잠잠했던 북천의 이름이 갑자기 다시 거론된 건지."

표상국이 투덜거리면서 말했다.

"남 걱정 말고 빨리 독기부터 빼십시다들. 재수 없이 독룡의 일에 휘말렸으니 우리도 위험하게 됐다고. 나살돈의 살수 하나가 독침을 맞았지만 도망갔다는 걸 잊지 마. 중경까지는 가야 안전해질 거야."

"콜록콜록."

소민이 마른기침을 했다. 표상국도 숨이 차서 얼굴색이 어두워져 있었다.

"와, 독기가 엄청나군. 이런 독기를 머금은 독무 속에서 독룡은 아무렇지 않게 행동했단 말이지?"

*   *   *

나살돈의 나병 살수는 허겁지겁 달아났다.

어째서 독룡의 무공이 이렇게 세지?

독이야 당연히 조심할 부분이었지만 무공도 예상외로 강했다. 물론 괜히 정의감이 투철해서 귀찮았던 정파의 제자들이 아니었다면 좀 더 좋은 여건에서 독룡을 상대할 수 있었을지도 모른다.

하나 어쨌든 그의 쌍둥이 형제들은 모두 죽었고 큰형마저 가슴이 뭉개져 죽었다.

"우억!"

나병 살수가 피를 토했다. 등에 꽂힌 독침의 독이 퍼지기 시작했다. 독을 다루는 나살돈의 심법으로 조금은 억누를 수 있었으나 그것도 한계가 있었다. 게다가 정신없이 달아나느라 제대로 독기를 누를 수 없었다.

"빠, 빨리 신호해야 해."

나병 살수는 어느 정도 거리가 벌어졌다 싶자 급히 주변에 있는 마른 풀을 모았다. 부싯돌을 꺼내 불을 피운 후, 품에서 긴 막대들을 꺼내 부러뜨렸다. 그러곤 막대 안에 있는 가루를 불에 뿌렸다.

치칫, 하고 검은 연기와 붉은 연기가 피어올랐다.

나병 살수는 죽은 형제들을 생각하며 통한의 눈물을 뿌렸다. 하나 다시 피를 토하며 무릎을 꿇었다.

"으으……."

절룩, 절룩…….

나병 살수가 비대칭적으로 들려오는 발걸음 소리에 무릎을 꿇고 고개를 들었다. 어느새 진자강이 따라와 있었다.

진자강은 나병 살수를 빤히 내려다보았다. 나병 살수가 피가 배인 이를 드러내며 진자강을 노려보았다.

"히, 히히. 너는 이제 죽었, 다. 우, 우리 나살돈은 한번 먹이를 물면, 히히, 놓치지 않……."

진자강이 담담하게 답했다.

"살아오면서 그런 얘기는 꽤 많이 들었습니다."

나병 살수는 문득 이상한 생각이 들었다. 진자강이 여기까지 따라와서 자기를 심문하거나 문초할 거라 생각했는데, 별말도 없이 그냥 바라만 보고 있지 않은가.

아무 말도 없이 가만히 있었더니 진자강도 마찬가지로 입을 다물고 있다. 중독되어 죽어가니 시간이 없는 건 자신이지 진자강이 아니다.

나병 살수가 당황해하며 물었다.

"내, 내게 무슨 볼일이지?"

"별다른 볼일은 없습니다."

"보, 볼일도 없으면서 나를 따라왔다고?"

나병 살수가 피를 토하며 소리쳤다.

"개, 개, 개소리하지 마! 나, 나를 어떻게 해도 아무것도 어, 얻어내지 못해!"

"죽는 것만 확인하고 갈 겁니다."

"그, 그럴 거면 주, 죽여! 나, 나도 토, 토막 내서 얼른 죽이라고!"

"그거야 내 마음입니다."

나병 살수는 진자강이 가만히 바라보고만 있는 것이 불쾌하면서 거슬렸다. 감정이 흔들린 나병 살수의 호흡이 거칠어졌다.

"마, 맞아. 너…… 너 같은 눈빛 많이 봤어. 내, 내가 남들과 다, 다르다고 이상, 이상하게 생겨서 구, 구경하는 거. 내, 내가 우스워?"

진자강은 대답도 않고 보기만 했다. 나병 살수가 꼬챙이를 쥐고 마구 휘둘렀다.

"으, 으아아! 으아아아!"

진자강은 두어 걸음을 뒤로 물러나 가뿐히 공격을 피해

버렸다.

그러더니 그제야 물었다.

"괴롭힘을 받다가 마을에서 쫓겨났다고 들었습니다."

"그, 그래! 쫓겨났다! 나, 나뭇가지로 찌르고 도, 돌멩이에 맞아 머리가 터지고."

"하여 몸을 의탁한 뒤에 한 일이 사람 죽이는 일이었습니까?"

"네, 네가 무슨 상관이야! 너, 너처럼 멀쩡한 게 우리 마음을 알아?"

진자강이 천천히 대답했다.

"어머님과 외조부가 눈앞에서 죽고, 친구들도 하루 사이에 시체가 됐습니다. 매일 강제로 독을 먹으며 반년 동안 실험체가 되었다가 탈출했지만 십 년을 갱도에 갇혀 있었습니다."

나병 살수가 악에 받쳐 소리쳤다.

"자, 잘됐구나! 그때 차라리 죽어 버렸으면 좋았을걸!"

"복수를 하기 위해 죽을 수 없었습니다."

"……."

진자강이 가만히 나병 살수를 보다가 물었다.

"복수하고 싶은 사람이 있습니까?"

"이, 있다면 죽여 주려고?"

"안고 가겠습니다."

"……."

형제들을 죽인 진자강이 현재는 가장 큰 원수다. 그러나 기환독타가 도구로서 죽겠다고 했을 때, 진자강은 그의 뜻을 존중하겠다고 했다. 잔혹한 살인자이지만 적을 대하는 태도가 진지하다.

사람 대 사람으로 대하는 냄새가 난다. 나병 살수는 혼란스러워졌다.

한동안 말을 잇지 못하고 진자강을 보던 나병 살수가 왈칵 피를 뿜은 후 웃었다.

"헤, 헤헤…… 내가 멍청이로 보여? 주, 죽는 마당에 원수에게 신세를 지라고? 나를 뭐로 보는 거야."

나병 살수는 무슨 생각이 들었는지, 한참을 노려보며 입술을 비틀고 말했다.

"당, 당가는 너를 죽, 죽이는 데에 최근 동, 동의했다. 부, 북천도 이, 이제는 너의 적이다."

나병 살수는 짧게 말을 털어놓더니 웃었다.

"지옥에서, 지옥에서 기, 기다리마. 독룡. 곧 또 다른 나살도, 돈의 살수가 너를 찾아갈, 것, 것이다."

나병 살수가 자신의 가슴에 꼬챙이를 박아 넣고 자결했다.

진자강은 앞으로 고꾸라진 나병 살수의 주검을 지켜보았다.

나병 살수의 한마디가 많은 의미를 내포했다.

구북촌에서 만난 잔혼도는 처음엔 자신을 죽이려 하지 않았다. 그러나 당가가 동의한 후에 북천도 적이 되었다는 것은, 당가와 북천이 어떤 식으로든 관련이 되어 있다는 걸 뜻한다.

모든 일에 당가가 연관되어 있었다. 물론 당가가 독문의 수장 가문이니 당연한 일인지도 모른다.

진자강이 앞으로 복수행을 계속하다 보면 언젠가는 반드시 당가를 찍고 넘어가야 할 것이다.

당하란의 친정인 당가를……

* * *

나살돈의 감시자가 멀리서 검붉은 연기를 보았다.

"기환독타와 쌍둥이들이 실패했다."

검은 연기는 실패했다는 뜻이고 붉은 연기 세 줄기는 방해자가 있었다는 뜻이다. 이쪽으로 무당파와 종남, 화산의 제자가 들어왔다더니 그들이 방해한 모양이었다.

나살돈의 감시자는 바로 전서구를 날렸다.

중경은 보는 눈이 많고 정파가 득세하고 있는 호광성과 가까워 함부로 활동하기 어렵다. 독룡이 중경으로 가기 전에 전력을 다해 죽여야 한다.

＊　　＊　　＊

영운과 표상국, 소민은 겨우겨우 독기를 제거하고 움직였다.

독기를 제거하는 데에 이틀이나 걸려서 시간이 많이 지체되었다.

그러나 영운의 복부 상처가 심하고 소민의 발등이 낫지 않아 경공으로 빠르게 달려갈 수도 없었다.

세 사람은 계속 경계를 하며 노숙을 하며 걷다가 드디어 객잔을 보았다. 일 층은 완전히 개방되어서 음식을 먹을 수 있는 의자와 식탁 몇 개가 놓여 있었고, 이 층은 머물 수 있도록 방이 있는 허름한 객잔이었다.

"아아, 드디어 따뜻한 국물에 편안한 잠을 잘 수 있겠네요."

소민이 감동하며 한 말에 영운이 고개를 저었다.

"살수들의 생리상 분명히 다시 올 거야. 저 객잔이 우리에겐 가장 위험한 장소가 될 수도 있어. 차라리 힘들어도 조금 더 가는 게 낫지 않을까."

표상국이 말렸다.

"됐수다. 그 몸으로 뭘 어딜 더 간다고. 내가 가서 보고 올 테니까 잠깐 기다려요."

그런데 표상국이 나서기도 전에 누군가 작은 손수레를 끌고 터덜터덜 객잔으로 들어서는 게 보였다.

"응? 누구지?"

"근처에 사는 사람인가?"

"키나 덩치는 진 형과 비슷해 보이는데……."

무거운 손수레를 끌고 있어서 장담할 수는 없었지만 딱히 발을 저는 것 같지는 않았다.

머리에 두건을 감고 맨발에 지저분한 옷을 입은 남자는 객잔에서 탕 한 그릇을 시켜 먹고는 별일 없이 가던 길을 갔다. 주인이 숙수와 점소이 노릇까지 혼자 운영하는 객잔이었다.

세 사람은 서로를 마주 보았다.

"별문제 없는 것 같아요."

"그렇게 보이지?"

이미 기름진 탕의 냄새를 맡은 세 사람은 식욕이 동해 참을 수가 없었다. 세 사람은 바로 객잔으로 가 음식을 주문했다.

표상국과 소민은 얇은 밀피에 돼지고기를 넣어 싸고 닭으로 육수를 낸 국물 요리를 먹고, 도사인 영운은 맹물로 끓여 간장으로 간을 한 면 요리를 먹었다.

후루룩, 후룩.

"캬아! 오랜만에 따끈한 국물을 먹으니 속이 다 풀리네."

셋은 두 그릇이나 더 시켜 먹었다.

계산을 하러 온 중년의 주인이 말했다.

"잘 드셨습니까? 사천에서는 홍유(紅油)를 국물에 넣지만 귀주에서는 고추와 간장으로 양념장을 만들어서 맛 차이가 있지요."

영운이 대답했다.

"맛은 좋았습니다만, 조금 짜더군요."

중년 주인이 싱글벙글 웃으면서 말했다.

"이거 참, 미안합니다. 내가 요리는 본업이 아니라서 말입니다."

"혼자서 객잔 일을 다 하시다 보면 그럴 수도 있겠지요. 그래도 잘 먹었습니다."

소민이 돈을 꺼냈다.

그런데 소민은 중년 주인에게 돈을 건네다가 깜짝 놀랐다.

"어? 소, 손가락이……!"

돈을 받아 챙기는 중년 주인의 손가락은 끝마디가 없이 뭉개져 있었다.

표상국와 영운도 손을 보고 소스라치게 놀랐다.

"나, 나병!"

중년 주인은 여전히 웃고 있었으나 눈빛이 달라졌다.

"독룡은 어디에 있지?"

세 사람은 소름이 끼쳤다.

"나살돈이냐!"

세 사람이 벌떡 일어나려 했다. 그런데 갑자기 머리가 핑 돌아 휘청거리며 넘어졌다.

"뭐, 뭐?"

팔다리에 힘이 빠지고 몸이 무거워졌다.

중년 주인이 시퍼렇게 날이 선 칼을 들고 웃었다.

"애송이들. 강호에서 마음 놓고 밥을 처먹었으면 대가를 치러야지?"

영운이 뒤늦게 내공을 일으켜서 독기를 몰아내려 했으나 내공이 말을 잘 듣지 않았다.

"내공을 못 쓰게 하는 데에는 산공독뿐 아니라 미혼분(迷魂粉)도 효과가 있지. 머리가 몽롱해져서 내공을 운용하기 몇 배로 어려워지거든."

"크윽!"

"몸은 안 움직여도 말은 할 수 있겠지? 정신이 들도록 손가락을 한 마디씩 잘라 줄 테니까, 아무 때고 말할 생각이 들면 말……."

중년 주인이 말을 하다 말고 멈췄다. 급하게 머리를 옆으로 피했다.

콱!

머리는 피했지만 어깨에 주방용 네모난 식칼이 박혔다. 중년 주인은 놀라서 천장으로 뛰어올랐다. 이 층으로 오르는 난간의 끝에 거꾸로 붙어서 칼이 날아온 쪽을 보았다.

"웬 놈이냐!"

객잔의 주방 안에서 아까 지나갔던 지저분한 옷을 입은 남자가 나오고 있었다.

중년 주인의 눈이 가늘어졌다.

"아까 나간 놈이 왜 거기서……?"

"잠깐 둘러봤습니다. 본래의 주인이 없는 것으로 보아 이 객잔은 원래가 흑점(黑店)이었군요."

비밀 시장을 흑시라 부르는 것처럼 약탈을 목적으로, 혹은 인육으로 장사를 하는 가게가 흑점이다.

"도, 독룡?"

남자가 중년 주인에게로 걸어가며 대답했다.

"나를 찾는 거라면 진작 말하지 그랬습니까."

중년 주인의 표정이 일그러졌다. 자신에게 걸어오는 데 발을 절고 있다. 아까는 발을 절고 있지 않았던 것 같은데?

"나를 왜 찾고 있었습니까?"

"멍청한 질문을 하는구나! 그야 당연히 너를 죽이기 위해서……!"

갑자기 중년 주인의 눈동자가 흔들리더니 난간에서 떨어졌다.

쿠웅!

중년 주인은 제대로 착지하지 못하고 바닥을 굴렀다.

"식칼에 독이!"

"당연한 것 아닙니까."

진자강이 중년 주인에게 다가가며 손가락을 튕겼다.

핑!

중년 주인이 황급히 몸을 숙였다. 침이 중년 주인의 귀 위로 스쳐 지나갔다. 진자강은 계속 걸어가며 손가락을 펼쳤다. 손가락 사이에서 침이 튀어 올랐다. 튀어 오른 침을 손가락 사이에서 돌려 바로 잡아채 던졌다.

핑! 피잉!

중년 주인은 거의 허우적대다시피 몸을 굴러서 독침을 피했다.

파파팍.

뒤쪽 벽과 바닥에 진자강이 던진 침이 계속해서 박히고 있었다.

거리가 가까워지고 있어서 중년 주인은 더 바쁘게 몸을 피해야 했다. 내공으로 독을 몰아낼 시간을 주지 않으려는 의도가 뻔히 보였다.

중년 주인의 코에서 코피가 쏟아졌다. 중년 주인이 황급히 소리쳤다.

"뭐 해! 어서 나와!"

영운과 표상국, 소민은 혹시나 다른 자들이 더 있나 싶어서 긴장했다.

하지만 아무런 반응도 없었다.

진자강이 말했다.

"이미 둘러보고 왔다 말했습니다만."

중년 주인은 어깨에 식칼이 박힌 채 이를 악물고 진자강에게 달려들었다. 손에 쥔 칼에서 예기가 뿜어 나왔다.

*　　　*　　　*

"……."

"……."

객잔 안은 완전히 난장판이 되어 있었다. 곳곳이 무너지고 칼에 베인 흔적이 남았다.

어중간한 살수가 아니라 무공도 상당한 실력을 갖춘 자였다.

하지만 지금은 진자강의 손에 죽어 있었다.

"주방에 하나, 뒷마당에 둘이 숨어 있었습니다."

진자강이 죽은 중년 주인의 품에서 해독약을 꺼내 확인한 후, 세 사람에게 던져 주었다.

그러곤 객잔 안을 돌아다니면서 던진 독침을 수거하며 말했다.

"미혼분은 은침으로 찔러 봐도 색이 변하지 않으므로 조심하는 수밖에 없습니다. 쓴맛이 나므로 간을 강하게 하여 맛을 감추기도 합니다. 음식을 먹을 때 첫술은 반드시 조금만 떠서 드십시오."

해독약을 먹고 좀 정신을 차린 영운이 한숨을 내쉬며 물었다.

"이번에도 또 도움을 받았구려. 면목이 없소."

"괜찮습니다."

소민이 말했다.

"나살돈의 살수들 개개인의 실력이 이렇게 높은 줄은 몰랐어요. 거기에 독까지 쓰니 저희로서는…… 어쨌든 감사해요."

"이자가 쓰던 미혼분은 굉장히 강력하지만 효과가 오래가는 편은 아닙니다. 조금 쉬시다가 일어서면 될 듯합니다."

표상국이 진자강을 째려보듯 하며 말했다.

"우리에게 자꾸 신세를 지게 하여 뭘 얻을 셈이오? 미리 말해 두지만 이런 것으로 우리의 호감을 사려고 해도 소용없소."

진자강이 대답했다.

"이미 충분히 얻고 있으니까 신경 쓰지 않아도 됩니다. 그럼."

객잔에서 침을 모두 수거한 진자강이 떠나려 하자 소민이 진자강을 잡으려 했다.

"진 소협!"

표상국이 소민을 막았다.

"민 매! 독룡을 붙잡지 마. 우리는 자랑스러운 정파의 제자다. 우리의 힘으로 헤쳐나가야 해!"

진자강이 나가려다 말고 갑자기 돌아왔다. 표상국이 흠칫 놀라 내공을 일으켰다.

"뭐, 뭐요?"

표상국에게 가까이 다가온 진자강이 손을 내밀었다.

"혹시 내 침 챙겨 두지 않았습니까?"

소민이 챙겨 뒀던 침을 꺼내어 진자강에게 주었다.

"여기 있어요."

"아, 고맙습니다. 아직 올 사람들이 남은 것 같아서 아껴 둬야 할 것 같군요."

"네……?"

진자강은 세 사람에게 인사를 하고 떠났다.

객잔 안에 남은 세 사람은 멀뚱해졌다.

소민이 말했다.

"어, 음…… 오라버니들. 저 지금 좀 이상한 생각이 들었 는데요……."

* * *

챙! 채채챙!

쇳소리가 울리며 영운이 이를 악물고 장을 날렸다. 영운 은 배에 뚫린 구멍이 낫지 않아 몸을 구부정하게 웅크린 채 였다.

소민도 발등을 꿰뚫려서 발에 체중을 실어야 하는 무리 한 움직임이 어려웠다. 발을 절뚝거리거나 외발로 깡충깡 충 뛰면서 필사적으로 살수와 싸웠다.

표상국이 그나마 제일 멀쩡한 편이었으나, 다친 둘을 대 신해 나서야 했기 때문에 자잘한 상처는 제일 많았다.

표상국이 울분에 차서 소리를 질렀다.

"아니, 독룡을 노린다면서 왜 우리한테 자꾸 달라붙는데!"

객잔 이후, 벌써 네 번째 습격이었다.

상대는 점점 더 많아졌다.

세 사람의 행색은 처음과 달리 엉망이었다. 여기저기 찢기고 베였다. 말라붙은 핏자국도 곳곳에 붙어 있었다.

세 사람도 점점 조심성이 늘어서 크게 중독되진 않았지만 살수들이 나타날 때마다 새로운 독을 접하게 되니 몸에 이리저리 부스럼까지 생겼다.

그나마 아직까지 버티고 있는 것은 세 사람의 기초가 매우 탄탄하고 내공이 정순한 탓이었다.

그리고…….

잊을 만하면 나타나는 독룡 덕분이기도 했다.

세 사람을 공격하던 살수들은 배후에서 독룡의 기습을 받았다.

독룡의 암기술은 나날이 빨라지고 정교해졌으며 더 은밀해졌다. 실전에서 사용하는 횟수가 많아질수록 훨씬 강해지고 있었다. 세 사람이 느낄 수 있을 정도였다.

열 명이 넘는 살수들이 시체가 되어 바닥을 뒹굴었다. 세 사람도 그사이에 두세 명 정도는 처리할 수 있었다.

진자강은 현장을 정리하며 살수들이 쓰는 독을 챙기고 침을 회수했다.

"헉헉!"

"헉헉헉!"

세 사람은 싸움이 끝나자마자 지쳐서 주저앉았다.

영운과 표상국이 운기행공에 들어가고 소민이 호법을 섰다.

진자강이 소민에게 약초 한 줌을 건네주었다.

"독이 든 상처에 짓이겨서 붙이면 도움이 될 겁니다. 그럼."

진자강은 약초만 주고 또 떠나려 했다.

소민이 흙먼지에 뒤덮여 새카매진 얼굴로 소리쳤다.

"저기요! 일부러 그러시는 거죠?"

"무슨 의미입니까?"

"우리 주변을 맴도시는 거요."

"주변에 있었던 건 맞습니다."

너무 순순히 대답하니 소민은 말문이 막혔다.

"아니, 진 소협 사, 사, 사람 그렇게 안 봤는데요. 우, 우리를 미끼로 썼다고 인정하시는 건가요?"

"내가 없다고 저들이 세 사람을 공격하지 않을 것 같지는 않습니다만."

"그야 그렇지만……."

이미 한번 사건에 얽혔다. 이제 와서 발을 뺀다고 해도 나살돈이 내버려 둘 리 만무했다. 중경에 도착할 때까지는 계속해서 공격을 받게 된다.

"하지만 우리 때문에 진 소협의 일정이 계속해서 지체되고 있잖아요. 계속 나살돈과 싸워서 진 소협에게 무슨 이득이 있나요?"

"나살돈의 은거지로 직접 찾아갈 생각도 해 봤지만 아무리 캐물어도 대답을 않더군요. 내가 중경에 도착했을 때 나살돈이 내 일을 방해하지 못하게 하려면 계속해서 끌어낼 수밖에 없습니다."

정파가 득세한 중경에서 나살돈의 살수들이 진자강을 죽이려 날뛰지는 못하겠지만 일을 방해하는 건 가능할 것이다. 진자강을 중경 밖으로 어떻게든 끌어내려 할 테고 말이다.

영운이 운기행공을 마치고 눈을 떴다. 처음엔 가장 얼굴이 좋았던 영운도 눈이 퀭해져 있었다.

"진 형 덕에 강호를 많이 배웁니다."

약간은 농담이 섞인 진담이었다.

하지만 진자강은 웃지 않았다.

"도움이 됐다면 다행이지만 여기까집니다."

소민이 울상이 되어 외쳤다.

"네? 또 왜요!"

"최근 두 번의 공격에 동원된 살수들의 수준이 낮았습니다."

"네에에?"

소민은 어이가 없어서 말도 안 나왔다.

"전혀 안 그랬던 거 같은데요?"

진자강이야 만났을 때 그대로 웃으며 얼굴이 멀쩡하지만 자신들은 아니다. 힘들어 죽을 것 같았다.

"와, 이젠 진짜 얄미워진다."

소민은 벌러덩 드러누워 버렸다.

표상국도 영운에 이어 눈을 떴다. 행공을 마쳤는데도 피로함이 눈에 덕지덕지했다.

"맞아. 저번보다는 약했어. 그래서?"

"시간을 끈 걸로 보입니다."

영운이 말했다.

"아마도…… 동원할 수 있는 인원이 거의 한계에 이른 거겠지."

"맞습니다. 오늘 동원된 살수들 중에는 나병이 없는 일반인도 있었습니다."

"그렇다는 건……."

"조만간 고수가 찾아올 것 같습니다."

"최악이군."

진자강이 말했다.

"최악일 것까진 없습니다. 여기서부터는 제가 앞장서서 갑니다. 며칠만 몸을 숨기십시오. 그러면 세 사람에겐 피해가 없을 겁니다."

진자강은 당부 아닌 당부를 하고는 금세 가 버렸다.

남은 세 사람은 허탈해졌다.

영운이 머리를 긁적이며 말했다.

"우리를 미끼로 삼은 게 아니라…… 인질로 잡힐까 봐 지켜보고 있었던 거로군. 진 형은 한 번도 나살돈의 살수들에게 먼저 들키지 않았어. 우리만 계속해서 걸렸지. 그렇다는 건……."

표상국이 자존심 상해하며 주먹으로 손바닥을 쳤다.

"제길. 우리 행적이 그렇게 살수들의 눈에 잘 띄었다는 거야?"

"어쩔 수 없지. 우리는 진 형처럼 살아오지 않았으니까."

표상국도 고개를 절레절레 흔들었다.

"이런 진흙탕 같은 강호행은 처음이오. 다른 의미로도 최악이고."

표상국은 말을 하고 나서 진자강이 사라진 방향을 씁쓸한 표정으로 쳐다보았다.

"차라리 미끼가 낫지, 귀찮은 짐 취급이라니. 나 이거 참."

영운도 쓴 미소를 지었다.

그러나 하나는 점점 확실해져 가고 있었다.

진자강은 먼저 칼을 겨누지 않으면 함부로 살인을 할 사람이 아니다.

그런데 그런 진자강이 어째서 거의 전 무림의 공적이 되어 있는 것일까?

*　　　*　　　*

아무리 뜯어 봐도 특이한 것이 없는 평범한 얼굴의 노인.

나살돈의 총수(總帥) 천면범도(千面凡刀) 노관이다.

그의 앞에 천으로 입을 가리고 있는 키 큰 노인이 앉아 있었다. 노인은 품이 넓은 소매를 손이 보이지 않게 서로 맞잡고 있어서 마치 읍을 하는 모양새였다.

"이번에도 실패하면 우리 나살돈은 독문의 웃음거리가 된다."

표정은 무덤덤한 그대로인데 목소리에 노기가 깃들었다.

키 큰 노인이 껄껄 웃었다.

"당가도 물 먹인 놈인데 우리까지 웃음거리야 되겠소이까."

"본 문 전력이 삼 할은 날아갔어. 손해가 막심해."

"아무래도 함께 있는 것들이 방해가 된 모양이구려. 무당파의 인호가 함께 있고 종남파와 화산의 제자도 있다고 했으니."

껄껄껄!

키 큰 노인이 다시 웃었다.

"걱정 마시오. 그런 애송이들은 칼로 치는 것보다 이용해 먹는 것이 더 손쉽소."

"걱정 말라 해 놓고 엉덩이가 너무 무겁군, 천귀(穿鬼)."

"알겠소. 슬슬 일어서지. 그런데 아마 내 느낌에 독룡은 나를 기다리고 있을 것 같소이다. 중경까지 가려면 벌써 갔겠지."

"그러니까 이번에 끝내."

"그야 두말하면 잔소리요."

키 큰 노인, 천귀가 손을 꺼내지도 않고 앉은 채로 일어섰다.

"아아, 그 전에 한 가지만 확인하고 가겠소이다."

"뭐든."

천귀는 장난스레 말하던 표정을 굳히고 진지하게 말했다.

"만약에 내가 실패하면 우리는 독룡 건에서 손 뗍시다."

천면범도 노관이 천귀를 쳐다보았다.

천귀가 말했다.

"내가 명색이 우리 나살돈의 이인자요. 그러니 내가 실패하면 총수가 나서야 하잖소이까. 근데 총수까지 무너지면 우리 나살돈 식구들은 갈 데가 없어진단 말이지."

"독룡이 그 정도나 된다고 보나?"

"그렇진 않소. 하지만 문득 이런 생각이 들었소이다. 나륙(癩六)의 독무도 안 통하고 여적(旅賊)의 특제 미혼분도, 쌍살과 삼호의 독도 전부 실패했소. 제아무리 독을 잘 다루는 놈이라도 모든 종류의 독에 내성이 있진 않소. 그런데 독룡은 그런 놈이지."

"독룡이 천귀, 그대처럼 만독불침지체(萬毒不侵之體)라도 된단 말인가?"

"만독불침이 무적(無敵)을 의미하는 게 아니지 않소. 애초에 불침(不侵)이라는 것은 외부로부터의 침범을 막는다는 뜻. 그러니 만일 의식하지 못하는 사이에 체내에 독을 침범시킬 수만 있다면 나 같은 만독불침지체라 하더라도 중독이 되고 마는 것이오."

"흐음."

"하지만 감이 묘해. 독룡은 약문 출신으로 독문의 적인데 독이 통하지 않소. 그리고 우리는 독을 써야만 강해지는 자들이지. 어쩌면 독룡은…… 우리 독문에게 최대의 천적으로 나타난 게 아닐까……."

"하고 싶은 얘기가 뭔가."

"그 독불장군 같은 놈이 이제까지 살아남은 이유를 밝혀 내면 내가 사는 거고, 아니면 놈이 이기는 거요."

"쓸데없는 감상은 관둬."

"어쨌든 나살돈이 아니면 누가 우리처럼 대마풍(大麻風)에 걸린 나병자들을 받아 주겠소이까. 그러니 내가 돌아오지 못해도 총수는 나서지 마시오."

천면범도 노관은 잠시 침묵을 지키며 천귀를 바라보았다.

"확약할 수는 없다."

노관의 얼굴이 웃는 듯 마는 듯 살짝 씰룩였다.

"놈을 죽이고 돌아와. 그러면 내가 나설 일도 없어지겠지."

"그건 두말하면 잔소리라니까."

천귀가 음산하게 웃으며 소매를 여전히 맞잡고 방을 나갔다.

＊　　　＊　　　＊

진자강은 더 이상 몸을 숨기며 다니지 않고 대놓고 길을 걸었다.

절룩이는 발걸음도, 야영을 하며 땐 모닥불의 흔적도 치우지 않았다. 일부러 소리를 내거나 하며 충분히 인기척을 내고 다녔다.

감시의 눈길이 느껴지는 것으로 보아 어느 정도 나살돈의 이목을 끄는 데에는 성공한 듯싶었다.

그러나 방심하지는 않았다. 살수들이 언제 어떻게 나타날지 모른다. 잠을 자거나 밥을 먹거나 볼일을 볼 때에도 언제든 기습해 올 수 있다. 이전까지는 영운과 표상국, 소민이 나살돈의 주의를 완전히 끈 바람에 진자강이 손쉽게 나살돈의 기척을 미리 알아챌 수 있었던 것이다.

산중의 해는 일찍 저문다.

해가 저물어 가자 진자강은 바로 야영할 준비를 했다.

타닥, 타닥.

나뭇가지를 모아 오고 모닥불을 피웠다. 그리고 저녁 삼아 주변에서 자란 초목을 씹고 있는데 소란스러운 소리가 들려왔다.

진자강은 잠깐 긴장했다가 맥이 풀렸다.

영운과 표상국, 소민이었다.

"아앗! 거봐요. 내 말이 맞지? 역시 진 소협일 줄 알았다 니까."

진자강이 고개를 살짝 저으면서 물었다.

"내 뒤를 따라온 겁니까?"

표상국이 코웃음을 치며 말했다.

"보란 듯이 흔적을 다 남기고 다녀서 아주 쫓아오기 쉬웠소."

나살돈을 유인하려고 흔적을 남겼더니 세 사람까지 같이 쫓아오게 된 격이었다.

"그럼 실례 좀 하겠소."

영운은 염치 좋게도 배를 붙들고 끙 앓는 소리를 내며 모닥불 옆에 와 앉았다.

진자강이 별수 없이 자리를 양보했다.

"상처는 좀 나았습니까?"

"독이 올라서 잘 낫질 않소."

"며칠 쉬는 게 낫다고 조언드렸습니다만."

"그야 우리가 안전할 때 얘기지."

소민이 끼어들었다.

"생각해 보니까 세상에서 제일 안전한 건 진 소협의 곁

이잖아요."

"그렇지 않습니다."

"아니면 할 수 없죠, 뭐……. 그럼 우리가 있는 편이 훨씬 나살돈의 눈에 잘 띄지 않겠어요? 진 소협이 일부러 자취를 남기지 않아도 되고."

"……?"

표상국이 툴툴대며 말했다.

"너무 면박 주지 맙시다. 죽음이 두렵지 않다고는 할 수 없으나, 백도의 제자로서 피하지 말아야 할 일도 있는 것이오."

영운도 말을 더했다.

"우리가 부족함이 있어 진 형의 눈에 거슬릴 수 있어도 폐는 끼치지 않을 거요."

"호기심 때문입니까?"

"아니오. 정확하게 말하자면 진실을 알고 싶은 거요. 나살돈과 북천의 개입, 독문의 의도."

영운이 선하지만 강직한 눈빛으로 진자강의 눈을 바라보며 말을 이었다.

"그리고 진 형의 본모습."

"본모습이랄 건 없는 것 같습니다. 내가 아는 나는 이게 다입니다."

"그러나 세상에는 진 형이 아는 것보다 더 많은 거짓이 퍼져 있소. 거짓을 걸러내는 데에 우리가 도움이 될 거요."

표상국이 말했다.

"명문정파의 이름값은 하루아침에 쌓이는 게 아니오. 진 형은 우리가 명문의 제자라는 게 달갑지 않을지 몰라도 사람들은 우리가 한 말을 진 형이 하는 말보다 백 배, 천 배는 더 믿어 줄 것이외다. 아, 물론! 나는 여기 두 사람과는 달리 매우 두 눈을 부릅뜨고 똑똑히 진 형을 지켜볼 거니까, 각오하시오!"

꼬르륵.

당차게 외치는 중에 표상국의 배에서 소리가 났다.

표상국이 머쓱한 투로 쭈그려 앉았다.

진자강은 저도 모르게 실소하며 먹으려고 모아 둔 나무 껍질과 여린 풀뿌리들을 건네주었다.

영운은 평소에도 화기가 없이 채식을 하는지라 거부감 없이 먹었지만 소민과 표상국은 거의 억지로 씹기 시작했다.

그런데 표상국이 갑자기 코를 킁킁거렸다.

"어?"

어디선가 기름지고 고소한 냄새가 풍겨 왔다.

진자강이 바로 고개를 돌려 한쪽 방향을 쳐다보았다. 이미 바람의 방향을 고려해 자리를 잡았기 때문에, 냄새가 풍겨 오는 방향을 단번에 알아챘다.

발걸음 소리와 풀을 헤치고 오는 소리가 들리며 누군가 다가오고 있었다.

진자강을 제외한 세 사람이 벌떡 일어났다.

오솔길로 나타난 이는 코와 입을 가리고 있는 나살돈의 나병 살수였다. 그러나 살기를 내지 않았고, 손에는 천으로 덮은 커다란 소쿠리까지 들고 있었다.

나병 살수는 넷의 앞에 소쿠리를 내려놓았다. 소민이 칼집의 끝으로 소쿠리를 덮은 천을 열었다. 삶은 돼지고기와 닭 요리들, 여러 가지의 볶은 채소, 덥힌 술 두 병이 들어 있었다.

표상국은 침을 꿀꺽 삼켰으나 섣불리 건드리지 않았다. 아니, 건드릴 수 없었다. 독문이 주는 음식을 어떻게 함부로 먹을 수 있겠는가.

소민이 물었다.

"이게 뭐지?"

나병 살수가 대답했다.

"본 파의 천귀께서 내어 주신 만찬이다. 배불리 먹고 내가 온 방향을 따라오면 그분이 너희들을 기다리고 계실 거다."

표상국이 피식하고 웃었다.

"웃기고 있네. 뭘 믿고 음식을 먹으라는 거지? 우리가 나살돈 때문에 얼마나 먹는 게 힘들었는지 알아?"

냇가에서 물을 마시려 했더니 상류에서부터 독을 풀지 않나, 먹으려고 노루를 잡았더니 내장에 이미 독이 퍼져 있질 않나…… 그간 시달린 걸 생각하면 치가 떨릴 정도였다.

나병 살수가 표상국을 비웃었다.

"독은 없다. 아니, 독이 있다고 해서 먹지도 못할 겁쟁이라면 그 정도가 너희들의 한계겠지."

"뭣이?"

표상국이 내공을 끌어 올리며 금방이라도 나병 살수를 공격하려는 자세를 취하자, 영운이 말렸다. 영운은 표상국에게 진자강을 눈짓으로 가리켰다.

진자강이 물었다.

"천귀가 누굽니까."

"우리 나살돈의 총수 다음가는 고수다. 그분이 친히 왕림하신 이상, 네놈들은 편히 죽지 못할 것이다."

진자강은 음식에 가만히 손을 대어 보더니 말했다.

"음식이 채 식지 않았습니다. 길어야 한 식경 안쪽의 거리겠군요."

"그렇다."

"마을 사람들은 어찌 됐습니까?"

진자강의 질문에 영운과 표상국, 소민은 어리둥절했다.

"마을 사람들이라니?"

나병 살수의 눈빛이 살짝 가라앉은 데 비해 진자강의 눈에서는 서서히 살기가 올라왔다.

"음식들마다 간이 다르고 재료를 손질한 칼질의 흔적도 다릅니다. 이건 전부 다른 사람들이 만든 겁니다."

하기야 종류만 봐도 혼자서 만들 만한 양이 아니었다. 식지 않게 가져오려고 시간을 맞추었다면 여럿이 동시에 만들어야 했다. 게다가 이런 산중에 숙수가 여럿 있는 큰 반점이 있을 리 만무하다. 재료의 소박함이나 수준을 보면 일반 민가의 아낙들 솜씨다.

나병 살수가 눈을 가늘게 뜨고 웃었다.

"역시 독룡이군! 맞다. 이 앞에는 삼십 호가량의 작은 촌이 있다."

딸깍.

진자강의 손에서 고리가 풀려 나왔다. 진자강의 살기에 나병 살수가 흠칫했다.

"왜 나를 찾아오지 않고 그곳에서 기다리고 있습니까?"

"그야 가 보면 알 거다. 참고로……."

피잉!

허공에서 날카로운 파공음이 일었다. 나병 살수가 급히

몸을 숙였다. 하지만 나병 살수의 다리와 어깨, 목이 벌써 탈혼사에 걸려 있었다.

"큭!"

진자강은 한 수에 나병 살수를 그물처럼 얽어 놓고 당겼다. 나병 살수가 질질 끌려왔다. 나병 살수가 악을 쓰듯 소리쳤다.

"저승길을 잘 가려면 배불리 먹어 두거라! 너희들의 앞엔 고통만이 있을 뿐이다!"

진자강이 탈혼사를 더 힘주어 당겼다.

탈혼사가 나병 살수의 몸을 파고들면서 전신에 혈선이 생기기 시작했다.

"끄으윽!"

진자강이 물었다.

"인질입니까?"

"인질? 큭큭. 인질이라면 차라리 좋겠지. 천귀께 인질 같은 건 무의미하다. 지옥이다. 지금쯤이면 마을은 지옥이 되어 있을 거다."

"지옥?"

진자강은 소쿠리에서 고기 한 덩어리를 쥐고 씹었다. 술도 몇 모금을 마셨다. 배고파서 먹는다기보다는 맛을 음미하는 듯했다.

표상국은 진자강과 소쿠리를 번갈아 보며 닭을 쥐려다가 진자강이 집은 것과 똑같은 돼지고기 덩어리를 집어 들었다.

진자강이 표상국을 보지도 않고 말했다.

"독이 들었습니다."

"하지만 방금 저놈이 독이 안 들었다고 했는데……."

"맹독입니다. 그자가 마을 사람들에게 이 독을 쓴 것 같습니다. 굉장히 고통스러울 겁니다."

나병 살수는 탈혼사에 몸이 옥죄어 잘려 가면서도 일부러 더 크게 웃었다.

"너희들도 곧 마을 것들과 똑같은 꼴이 되겠지! 고통에 발버둥 치며 죽여 달라고 비는 꼴을 못 보는 게 아쉬울 뿐이다!"

진자강의 표정이 서늘해졌다. 탈혼사를 쥔 손에 힘이 들어갔다.

그 순간 표상국이 나병 살수의 머리를 주먹으로 내려쳤다.

"이런 나쁜 놈들이!"

뻑!

나병 살수는 머리가 함몰되어 죽었다.

표상국이 소리쳤다.

"어서 갑시다! 이 개 같은 놈들을 다 쳐 죽이지 않고선 나는 내일 하늘을 마주 보지 못하겠소!"

영운과 소민도 막 뛰어나갈 것처럼 준비했다.

"마을 사람들은 우리가 맡겠소. 진 형은 천귀라는 자만 신경 쓰시오."

하지만 진자강은 움직일 생각을 하지 않았다.

소민이 조심스럽게 진자강을 불렀다.

"진…… 소협?"

진자강의 표정이 심상치 않았다.

〈다음 권에 계속〉

전생자

『죽지 않는 무림지존』 『천지를 먹다』 『마검왕』
베스트셀러 작가 나민채의 신작!

[시간 역행을 하시겠습니까?]
[모든 능력이 리셋 됩니다.]
[날짜를 선택 하여 주십시오.]

“ 1985년 2월 28일. 내가 태어났던 날로. ”

dream
books
드림북스

사도연 판타지 장편소설

ORIGINAL FANTASY STORY & ADVENTURE

『용을 삼킨 검』, 『신세기전』사도연 작가의 신작!

『두 번 사는 랭커』

러 차원과 우주가 교차하는 세계에 놓인 태양신의 탑, 오벨리스크.
그리고 그곳에 오르다 배신당해 눈을 감아야 했던 동생.
모든 걸 알게 된 연우는 동생이 남겨 둔 일기와 함께
탑을 오르기 시작한다.

dream
books
드림북스

『제왕록』, 『무림에 가다』 시리즈의 작가 박정수
그가 거침없는 현대 판타지로 돌아왔다!

『신화의 전장』

주먹을 믿지 마라.
우리가 살아가는 이 땅에 인간을 벗어난 자들이 존재한다.

dream
books
드림북스

DREAMBOOKS★